ÜBER DIESES BUCH

Neben Porträt ist "An der Ruhr" auch Selbstporträt, in Kinderzeiten. Jedoch kein Gruppenbild mit Kind, sondern dynamisch, eine Entwicklungsstudie, insofern eine Art Vexierbild mit Kind.

Wäre der Blickwinkel anfangs etwa der eines Babys, das vielleicht auf einer Decke auf dem Boden liegt und auf dem Bauch kaum weiter als unter einen Stuhl oder bis an die Wand rutschen und daher sicher nicht über den Tisch gucken kann, später der eines Dreikäsehochs, den man nicht mit dem Fahrrad losschicken kann, dann der eines Kleinkindes, das noch an den Weihnachtsmann glaubt, der eines Grundschülers, dem die Schuhe des Vaters kaum passen können, und so weiter, erhielte man eine Darstellung, die Tiefe hat, wo alles und jedes gleichzeitig quasi an einem Stuhlbein vorbei, von hinten an der Wand aus, durch die Tischplatte verdeckt, bei Mama hinten drauf, mit Weihnachtsmann in Herrenschuhen steckte, was ich mich bemüht habe, deutlich und unsichtbar zu realisieren.

J. M.

Vlissingen, im Februar 2018

Judith Masanke

An

der

Ruhr

Inhalt

Bibliografische Information der Deutschen Nationalbibliothek:
Die Deutsche Nationalbibliothek verzeichnet diese Publikation
in der Deutschen Nationalbibliografie; detaillierte bibliografische
Daten sind im Internet über http://dnb.dnb.de abrufbar.

© 2018 Judith Masanke
Herstellung und Verlag:
BoD - Books on Demand, Norderstedt

ISBN: 978-3-7460-2512-4

Umschlagbild: die Ruhr bei Mülheim; Mischtechnik; J.M.

In der Schwebe

Die Jahrtausendwende, den Moment, als sich die Erde allen Unkenrufen zum Trotz weiterdrehte wie bisher, haben natürlich nicht mehr alle der im folgenden genannten Personen noch miterlebt. Die genannten Orte bestehen jedoch auch heute noch, und das weiß ich deshalb, weil wir ab und zu hinfahren und nachsehen.

Etwas anderes ist es mit dem Haus, in dem wir wohnen, denn es steht fest, dass es nicht mehr lange dauert, bis hier kein Stein mehr auf dem anderen steht und der gesamte Komplex abgerissen sein wird.

Bevor wir also ein neues Ziel ins Auge fassen und unsere Verhältnisse neu ordnen, möchte ich noch einmal auf Zeiten zurückkommen und auf eine Welt, die es schon jetzt nicht mehr gibt.

Zeiten, zum Beispiel, als wir noch damit rechnen konnten, von meinen Eltern - sei es aus Berlin, aus London oder später aus Middelburg, Niederlande - ab und zu einen Brief zu erhalten, oft von Zeitungsausschnitten begleitet, die sie auch für uns für lesenswert hielten und auf die sie sich bezogen.

Zeiten, als wir mit ihnen vor allem Ferngespräche führten, in verschiedenen Zusammensetzungen, abhängig davon, von wem die Initiative ausgegangen war und wann jeweils der Hörer weitergereicht wurde.

Während unserer Zeit in Hamburg nahm ich eines Tages, ich denke, es wird kurz nach der genannten Wende gewesen sein, einen Anruf meiner Mutter entgegen, aus Middelburg. Ich weiß noch, ich stand im Flur unserer Wohnung mit dem Hörer in der Hand, an so einem schwarzen Spiralkabel.

Meine Mutter, in ihrer unvergleichlichen Art, brachte das Gespräch auf etwas, das sie aus den dortigen Fernsehnachrichten beziehungsweise aus ihrer landesweiten Zeitung erfahren hatte. "Habt *er* die Berichte auch gehabt?", könnte sie mich gefragt haben. Meine Mutter war nämlich

Niederländerin, früher sagten wir: Holländerin. Sie wurde in Surabaja geboren, laut ihrem Pass: Soerabaja. Das habe ich früher in der Schule für das Klassenbuch immer sagen müssen. Manche Leute scheinen dann davon auszugehen, sie *stammte* daher. Vor allem hier in den Niederlanden wurde ich auch schon prüfend angesehen mit einer Bemerkung wie: ach so, daher. Dabei waren meine Großeltern meines Wissens einfach Niederländer, und zwar aus Vlissingen, englisch: Flushing. Mein Großvater war Maschinist bei der Marine und im damaligen Kolonialreich Niederländisch-Indien stationiert. Auch meine Großmutter, Onkel und Tante haben dort Jahre verbracht.

Jedenfalls welche Angelegenheiten meine Mutter damals am Telefon meinte, habe ich mir erst irgendwann anschließend erklären können, nämlich den Anstieg des Meeresspiegels, bis zum Ende des Jahrhunderts, ein komplettes Abschmelzen des Grönlandeises, des antarktischen Eisschilds, was den globalen Meeresspiegel um sieben Meter heben würde.

Den eigentlichen Anlass des Gesagten kenne ich nicht beziehungsweise habe ich vergessen. Vielleicht hatte es eine Studie gegeben oder ein Symposium, der Akademie der Wissenschaften, der "*Koninklijke Nederlandse Akademie van Wetenschappen*".

Ob bei dem Gespräch von konkreten Voraussetzungen für dies Abschmelzen die Rede war, weiß ich auch nicht mehr. Jedenfalls *gesagt* hat meine Mutter: "In 2007 geht die Nordsee bis Utrecht."

Und das möchte ich hier mal so stehenlassen, aber dazu dreierlei ergänzen, nämlich erstens, dass meine Mutter Äußerungen wie diese nach meiner Erfahrung ernst meinen konnte, zweitens, dass ein Szenario wie dieses eine noch wieder andere Welt bedeuten würde, und drittens, dass ich mich frage, ob ich in dem Versuch aufzuzeichnen und festzuhalten, was wirklich existiert hat, was war, den Grundstein zur Neuorientierung legen kann, die zweifellos erfolgen muss.

Leibnizstraße

Ich wurde am Montag, dem 5. Mai 1958, in einem Hinterzimmer der Parterrewohnung eines großen Mietshauses in der Mülheimer Leibnizstraße geboren. Gegen Mittag, Kirchenglocken läuteten, erinnerte sich meine Mutter. Sie hieß Mary. "Meeri", sagte mein Vater, manche sagten "Merri". Mein Vater hieß Klaus.

Meine Eltern hatten damals keine eigene Wohnung. Sie wohnten bei meiner Großmutter ein, der Mutter meines Vaters, einer Witwe und Rentnerin. Ein weiterer Mitbewohner in dieser Wohnung mit Garten war ein gewisser Onkel Willi, unverheiratet und ebenfalls Rentner.

Meine Mutter war neu in Deutschland. Sie war dort meines Vaters wegen. Mit ihm teilte sie das Durchgangszimmer zum Bad und das kleine Hinterzimmer. Die beiden hatten neun Monate zuvor geheiratet. Und jetzt war das Baby da, ein Mädchen. Und mein Vater hatte eine neue Stelle, als Lokalredakteur einer großen regionalen Tageszeitung.

Meine Mutter hat später öfter wiederholt, dass sie dort in Mülheim keine gute Zeit gehabt hätte. So fand sie es abweisend, dass man abends überall die Rollläden herunterließ.

Mir jedoch gefiel das. Ich betrachtete morgens im Bett in Onkel Willis Zimmer oft die Muster, die das Tageslicht, das die Rolllade hindurchließ, auf Wände und Decke warf. Hatte Onkel Willi sie schon ein Stück hochgezogen und das Fenster geöffnet, konnte man die Leute hören, die auf dem Bürgersteig unter dem Fenster entlanggingen. War die Rolllade ganz heruntergelassen, war es stockdunkel.

Meine erste - hier sagt man "älteste" - Erinnerung habe ich jedoch an eine Begebenheit in den Niederlanden, im Hause meiner Urgroßmutter in der Vlissinger *Glacisstraat*. Das Haus steht heute noch, ich komme oft daran vorbei. Es muss bei einem Besuch im Spätsommer gewesen sein, als die Sonne gegen Abend schon niedrig am nordwestlichen Himmel stand.

Ich weiß, ich stand dort im Gang, hinter mir die Haustür und vor mir ein Fenster, durch das die Sonne hell hereinschien. Zwischen mir und dem Fenster stand aber jemand. Und das Besondere war, dass diese Person unvollständig war, dass ihr nämlich ein Bein fehlte, ich meine, das rechte. Und weil ich dies einmal meiner Tante erzählt habe, habe ich erfahren, dass die Person *oom* Ubbe gewesen sein muss, ein Bruder meiner Großmutter dort, meiner Oma Holland. Deswegen ist klar, dass es 1959 gewesen ist, weil dieser Großonkel in dem Jahr kurz vor Weihnachten verstorben ist.

Dann habe ich noch eine weitere Erinnerung an dies Jahr, das Jahr übrigens, in dem, genau wie ich am 5. Mai, meine Schwester geboren ist. Auch dort in der Leibnizstraße. Das muss man meiner Mutter erst mal nachmachen, könnte man meinen. Vor allem deshalb, weil der 5. Mai nicht irgendein Tag ist, sondern was die Niederlande angeht "Befreiungstag", der nationale Feiertag, an dem die Befreiung der Niederlande von der deutschen Besatzung im Jahr 1945 gefeiert wird. Außerdem die Befreiung des ehemaligen Niederländisch-Indien.

Ich denke, es ist im Spätherbst gewesen, denn es kommt mir so vor, als wäre der Kohleofen in dem Durchgangszimmer an gewesen. Dort bei der Tür stand auch das Gitterbettchen meiner Schwester, noch ein Baby, das alleine noch nicht sitzen kann. Es war Nacht, die Eltern waren aus. Das Schwesterchen hatte wohl geschrien, und ich war wach geworden und aus dem Bett gestiegen, und schon kam Onkel Willi, und ich habe mit ihm an dem Bettchen gestanden.

Ansonsten, muss ich gestehen, kann ich mich nicht daran erinnern, wie meine Eltern sich dort eingerichtet hatten. Meine Mutter beschrieb es später so, dass sie "mit Apfelsinenkisten angefangen" hätten. Gut, aber dann frage ich mich nun, ob sie auch damals schon diese Krankenhausbetten hatten, die aus den Niederlanden gewesen sein sollen, aus Stahlrohr, die sich klappen ließen, so dass man das eine unter das andere schieben konnte. Andererseits kann ich mich dunkel erinnern, dass meine Mutter gesagt hat, dass sie mit nichts als der Seemannskiste meines Großvaters nach Mülheim gekommen sei, plus Inhalt. Andere Gegenstände aus ihrem Besitz, weiß ich, waren eine alte Kommode, ein niedriger, schwarzer, hölzerner Stuhl ohne Armlehne, wovon ich letztens hier in Vlissingen ein weiteres Exemplar gesehen habe, und ein Schaukelstuhl aus demselben leichten, aber stabilen Holz. Woher sie diese Möbel hatte und wann sie sie nach Deutschland hat kommen lassen, weiß ich aber nicht.

Meine Mutter hatte ja, genau wie mein Vater, keine eigene Wohnung, sondern wohnte meines Wissens bis sie nach Mülheim kam im Schwesternheim in Leiden, wo sie im Universitätskrankenhaus als Krankenschwester und Hebamme arbeitete, und zwischendurch bei ihrer Mutter auf der *Bree*, einer Straße in Middelburg.

Sie hätten sich auf einem Campingplatz kennengelernt, erzählten meine Eltern, in Mülheim an der Mosel, ich meine, im Sommer 1955. Mein Vater arbeitete dort als sogenannter Campingwärter, registrierte die Gäste und so. Meine Mutter war mit einer Kollegin und Freundin auf dem Motorroller unterwegs in Deutschland, und so trafen sie sich.

Als Verlagslektor schickte mein Vater danach an die Holländerin offenbar insgesamt sechs Briefe in dem Bemühen, den Kontakt zu intensivieren und sie an sich zu binden. Diese Briefe, die meine Mutter manchmal erwähnte, sind für mich jedoch nicht einsehbar.

Nun, sie heirateten tatsächlich, zeitlich kein halbes Jahr nach den römischen Verträgen, in Mülheim und dies auch kirchlich, dazu musste meine Mutter die Konfirmation nachholen. Trauzeugen waren der jüngere Bruder meines Vaters, Student in Braunschweig, und der Schwager meiner Mutter, Volksschullehrer in Middelburg.

Diesbezüglich wage ich übrigens zu behaupten, dass mein Vater die Stelle als Lokalredakteur deswegen bekommen hat, weil er glaubhaft darlegen konnte, kurz zuvor mit einer Niederländerin sozusagen eine "europäische Gemeinschaft" eingegangen zu sein und darum sehr besondere Erfahrungen in die Redaktion würde einbringen können.

Dort in der Leibnizstraße haben meine Eltern mit meiner Großmutter und Onkel Willi fast alles geteilt, von der Küche mit der Speisekammer über Bad und Toilette, das Telefon in dem einen großen Zimmer mit Esstisch und Klavier, auch Schlafzimmer meiner Großmutter, den Fernseher in dem anderen großen Zimmer, dem Wohnzimmer mit Sofaecke, den Garten, bis zum Waschofen im Keller.

Ob sie in ihrem Durchgangszimmer oder in dem Hinterzimmer wohl Bilder an den Wänden hatten, frage ich mich, denn mein Vater hatte schließlich einige Semester Kunstgeschichte studiert. Aber auch das weiß ich nicht. Denn obwohl meine Großmutter sich darauf verstanden hat, ihre Umgebung fotografisch festzulegen und mit Text versehen in Alben zu verarbeiten, existiert doch keine Dokumentation darüber, wie meine Eltern sich dort eingerichtet hatten. Es ist, als hätte mein Vater meiner Großmutter - selbstverständlich - gestattet, das Aufwachsen ihrer Enkelinnen zu dokumentieren, nicht aber das Leben von ihm selbst und das seiner Frau. Wozu er natürlich jedes Recht gehabt hätte.

Und so existieren aus dieser Zeit wohl einige - schwarzweiße - Baby- und Kleinkinderfotos, zum Beispiel das von mir als "Wasserratte" in der Wanne im Badezimmer, aber sonst eher nichts, was meine Fragen beantwortet hätte. Meine Großmutter hat aber zum Beispiel in eines ihrer Alben auch ein Zeitungsbild eingeklebt, auf dem meine Mutter und ich zu sehen sind, und zwar an einem trüben Tag, wie sie mit Mantel und Kopftuch gegen den Regen mit einem Kinderwagen an der Ruhr entlang spazierengeht und wie ich als Kleinkind auf einem Trittbrett hinter den Hinterrädern des Kinderwagens mitfahre. Ergänzt hat meine Großmutter diese Fotos mit Urlaubsfotos aus Holland, die sie wahrscheinlich zu diesem

Zweck von meinen Eltern geschenkt bekommen hat. Es sind Bilder, auf denen auch die Familie dort zu sehen ist, auch am Strand. Diese Fotos haben dann vielleicht meine Tante oder mein Onkel gemacht, ich weiß es nicht. Die Alben sind jedenfalls für mich nicht mehr einsehbar.

Was ich hier zunächst noch zu ergänzen habe, ist, dass der Umstand, dass meine Schwester und ich damals manche frühen Morgenstunden in Onkel Willis Bett zubrachten - sie links, ich rechts von ihm neben der Wand - vermutlich mit dem Lebensrhythmus meiner Eltern zu tun hatte, denn mein Vater ging zwar erst am späten Morgen zur Arbeit, kam aber auch erst spät abends wieder. Ferner wäre zu ergänzen, dass er sich im Garten unter anderem um die Rosen kümmerte und den Rasen mähte. Und dass die Wohnung mittels dreier Kohleöfen beheizt wurde, und zwar das Wohnzimmer mit der Sofaecke mittels Dauerbrenner und das Durchgangszimmer und die Küche mittels einfacher Brikettöfen, die mehr Versorgung nötig hatten. Und dass das Wasser im Badeofen mit einem Gasbrenner erwärmt wurde, wo sonst nur kaltes Wasser aus dem Hahn kam und dass auch Kochen und Backen mit Stadtgas geschah.

Dass Onkel Willi sich morgens in der Küche rasierte, mit heißem Wasser in einem Emaillebecher, dass jedermann rauchte, Zigaretten, Zigarren oder Pfeife, außer meiner Großmutter.

Aber im Sommer 1961 zogen meine Eltern mit uns Kindern in eine eigene Wohnung um.

Priestershof

Der Priestershof liegt im Mülheimer Stadtteil Heißen, knapp drei Kilometer von der Leibnizstraße entfernt in Richtung Essen, auf den Hügeln über dem Rumbachtal, und war damals eine Schotterstraße. Das grauverputzte Haus, in das wir einzogen, war noch nicht alt und stand auf einem Grundstück, das der Nachbar vom eigenen Grundstück abgeteilt und verkauft hatte. Das Haus war vierstöckig, wir bezogen die Dachgeschosswohnung. Die Decken waren niedrig, und bis auf den schmalen Flur und das mittlere Zimmer hatten alle Räume schräge Wände, die etwa einen Meter über dem Boden ansetzten. Das Bad bestand aus Toilette, Waschbecken und Badewanne. Es hatte ein schräges Dachfenster zur Straße, das zu hoch lag, um hinauszugucken. Das kleine Zimmer zwischen Wohnungstür und Bad war etwa zwei mal zwei Meter groß und hatte ebenfalls so ein schräges Dachfenster zur Straße. Nach hinten hin hatte die Wohnung vier nebeneinanderliegende aus dem Dach herausgebaute senkrecht stehende Fenster mit Aussicht nach Süden, weit über das Rumbachtal hinaus bis zum Mülheimer Flughafen mit der Zeppelinhalle. Das erste Fenster gehörte zu dem Zimmer links hinten, das ich mir mit meiner Schwester teilte. Darin war Raum für zwei Betten und einen Schrank plus kaum zwei Quadratmeter Fußboden zum Spielen. Die beiden mittleren Fenster gehörten zu dem einzigen Zimmer ohne schräge Wände, das meine Eltern das "Morgenzimmer" nannten. Darin befanden sich eine Essecke, ein Schlafsofa ohne Armlehnen, dazu ein Tischchen und außerdem ein Schrank, darin auch offene Regale. Das vierte Fenster gehörte zum "Abendzimmer", dem Zimmer meiner Eltern mit den zusammenschiebbaren Krankenhausbetten, einem Schreibtisch, den beschriebenen schwarzen Stühlen, einem runden Eichentischchen, ebenfalls aus Holland, Bücherregalen an der Wand und dem alten Vertiko ohne Aufsatz, von der Familie in Mülheim. Oben darauf - man stelle sich vor - zwei Telefonapparate, einer weiß, einer schwarz. Ersterer nur für den beruflichen Gebrauch meines Vaters, letzterer für den privaten. Dies Zimmer hatte ein weiteres Fenster, Richtung Westen. Das ganz rechte und letzte Zimmer war die Küche, mit einem Fenster ebenfalls nach Westen. Darin befand sich neben einem niedrigen Kühlschrank, einem Elektroherd und einer Spüle mit darüber ein paar Hängeschränken ein kleiner Küchentisch mit einer dreisitzigen Eckbank mit farbigem Plastiküberzug, deren Sitzflächen man hochklappen konnte, um dort Gegenstände wie Spielsachen und Bücher unterzubringen. Außerdem stand dort die genannte alte Kommode aus Holland. An der Wand rechts von der Tür war ein langes Brett angebracht mit einer farbigen Gardine bis zum Fußboden, dahinter an Haken und Bügeln manches Kleidungsstück, auch Schuhe. In den Zimmern waren Heizkörper, die man im Winter nur aufdrehen brauchte. Eine Waschmaschine gab es auch hier nicht.

Hierzu wäre noch zu ergänzen, dass draußen vor der Wohnungstür neben der Treppe noch Raum war für einen Schrank, der als Garderobe diente, dahinter, mit nur noch wenig Deckenhöhe, Raum zum Beispiel für einen Kasten Bier. Das alles störte nicht weiter, weil es ja die obere Etage war, wo niemand vorbei musste. Es gab einen Keller, in dem meine Eltern einen Raum hatten mit einer Kartoffelkiste. Außerdem standen dort im Keller die Mülleimer aus schwerem Metall und das große, schwarze Fahrrad meines Vaters.

Hinter dem Haus befand sich ein langgestreckter Hof mit einer seitlichen mit Schotter aufgeschütteten Zufahrt zu vier hintereinanderliegenden Garagen, im toten Winkel ein Apfelbaum. Zwischen Haus und Garagen gab es ein recht großes Stück Wiese, von dem sich die Mieter in Parterre mit einem niedrigen Jägerzaun einen Teil abgesteckt hatten als Garten und Zugang von außen auf ihre Terrasse. An die Seitenwand der ersten Garage war eine Teppichstange montiert, an die man auch eine Schaukel hängen konnte. Und dann befand sich neben dieser Seitenwand noch ein quadratischer Sandkasten, Seitenlänge vielleicht 1,5 Meter, mit hölzerner Umrandung. Aus unerfindlichen Gründen bezeichneten wir Kinder diesen ganzen Bereich als "hinterm Hof".

An der Vorderseite befanden sich rechts und links des kleinen Zugangswegs vom Fußweg aus Richtung Haustür zwei Stück Vorgarten, so dass das Haus etwas zurückgesetzt stand. Meine Mutter bezeichnete es als das "*zurückspringende*" Haus. Zwischen dem rechten Vorgarten und der Zufahrt gab es eine kleine Mauer, neben dem linken Vorgarten nur die hohe, fensterlose Seitenwand des Nachbarhauses.

Im Erdgeschoss dieses Nachbarhauses befand sich ein kleines Einzelhandelsgeschäft, ein Tante-Emma-Laden, genannt "Thölke", wo sich innerhalb der Öffnungszeiten eine gewisse Gitta aufhielt. Man stieg ein paar Stufen hoch und gelangte so in einen nicht sehr großen Verkaufsraum mit einer Theke, die die hintere und die rechte Wand zur Tür hin abgrenzte. Rechts war ein großes Schaufenster, in dem nach meiner Erinnerung aber nichts weiter ausgestellt wurde. An den anderen Wänden standen hohe Regale, gefüllt mit Lebensmitteln. Unter der Theke hatten sie manchmal Sachen stehen wie ein Fass mit Sauerkraut, das man auch tütchenweise kaufen konnte. Morgens hatten sie frische Brötchen für ein paar Pfennig das Stück. Für Wurst und Käse hatten sie Schneidemaschinen. Sie hatten eine Waage und eine Registrierkasse mit Kurbel und Klingel.

Zum nächsten Lebensmittelladen, dem "Konsum", meine ich, musste man von dort aus ein ganzes Stück gehen, aber ich kann mich nicht mehr gut daran erinnern. Als Kind in Mülheim war ich nicht oft einkaufen. Ab und zu wurde ich zu Thölke geschickt, wegen Brötchen und vielleicht auch deswegen, weil sie manchmal gratis Wurstenden abgaben, Waren, die nicht mehr zu verkaufen waren.

Die hintere der vier Garagen gehörte eigentlich zu unserer Wohnung, aber mein Vater hatte kein Auto, auch keinen Führerschein, und außerdem besetzte sie der Milchmann, der ein Stück die Straße hinunter wohnte und eine Auslieferungsstelle hatte und mit seinem Lieferwagen regelmäßig Touren fuhr und an festgelegten Stellen anhielt und seine Glocke läutete. Auch meine Mutter kaufte bei ihm Milch, Quark, Frischkäse und so. Der Milchmann sprach Plattdeutsch, an das ich mich aber gut gewöhnt habe.

Es war nur so, dass ich fand, er solle die Garage an uns abgeben, weil ich da ein Pferd einstellen wollte. Aber da wollten meine Eltern nichts von wissen.

Meine Eltern hatten es damals bestimmt nicht dicke, aber ich kann nicht sagen, dass es mir an Dingen gemangelt hat, die man mit Geld kaufen kann. Obwohl ich auch gern so eine Lederhose gehabt hätte wie Danni von der Familie unter uns sie hatte. Der hatte mehrere, kurz und halblang, ich aber lief im Sommer außer in einem T-Shirt viel mit abgeschnittenen Strumpfhosen herum, weil ich nicht wie meine Schwester darüber noch einen Rock tragen wollte. Gegen kalte Steine und rauhe Oberflächen half im übrigen auch die warme Unterwäsche, die Oma Vlissingen - meine Urgroßmutter in der *Glacisstraat* - aus Baumwolle strickte, und für den Winter zusätzlich Pullover aus Schafwolle.

In der Wohnung unter Danni wohnten Stefan und Esther mit ihrer Familie, er älter, sie jünger als ich. Wir sahen uns aber nicht oft. Ich weiß es nicht, aber nehme an, dass die beiden auf eine katholische Schule gingen und dort vielleicht morgens mit dem Auto hingefahren wurden. Von unserer Wohnung aus konnte man die Haustür mit der Straße davor nicht überblicken, und vielleicht auch deswegen habe ich das eine oder andere nicht mitbekommen. Stefan hatte jedenfalls an zwei verschiedenen Tagen Geburtstag, nämlich entweder am 29. Februar oder am 1. März. Wir anderen haben dem zwar keine sehr große Wichtigkeit beigemessen, denke ich, aber zumindest an seinem zwölften Geburtstag musste er es sich gefallen lassen, dass wir ihm ausgelassen gratulierten, weil er ja nun endlich drei geworden war.

Wer anfänglich in der unteren Wohnung wohnte, habe ich vergessen. Die Bewohner wechselten ab und zu. Einmal wohnte dort tatsächlich eine niederländische Familie.

Ich denke, die ersten Jahre am Priestershof waren für mich eine ziemliche Umstellung, denn meine Großmutter und Onkel Willi waren ja nicht anwesend, dafür war nun meine Mutter die hauptsächliche Bezugsperson, die allerdings, denke ich, meine Schwester und mich vor allem beisammenhalten wollte.

Des weiteren möchte ich behaupten, dass meine Mutter zwar bemüht war, sich nicht zuletzt in der Sprache zurecht zu finden, diese aber doch nur mangelhaft beherrschte, und dass das Sprachvermögen der kleinen Schwester ja wohl noch gering war.

Insofern fehlte mir unbeschwerte sprachliche Zuwendung. Jemand, der einen mal verbessert, bei der Wortwahl hilft, einem eine Wendung in den Mund legt. Das aber war von meiner Mutter nicht zu erwarten.

Andererseits, wollte ich gerade bemerken, sagte man ihr gegenüber ja auch nicht: Hör mal, das heißt soundso.

Das stimmt aber nicht ganz, kann ich berichten, denn meine Mutter konnte, wenn zum Beispiel eben noch auf ihre Frage geantwortet worden war, der Junge heiße Danni, diesen Jungen im nächsten Moment ganz selbstverständlich "*Danny*" nennen - so als wimmelte es in Mülheim von *Nancys*, *Jacks*, *Peggys*, *Larrys* und *Kittys* - und dann schon fast aus allen Wolken fallen, weil die Mutter von Danni sich das von ihr verbat.

Meine Mutter war in mancherlei Hinsicht ziemlich unempfindlich, würde ich sagen, denn sie dachte sich scheinbar nichts dabei, Worte und Redewendungen aus dem Niederländischen einfach ins Deutsche zu übernehmen und davon auszugehen, man verstünde das so einfach. Das Wort "weil", zum Beispiel, verwendete sie nicht. Stattdessen sagte sie Sätze wie "ihr müsst jetzt ins Bett, *want* sonst seid ihr morgen nicht ausgeschlafen" oder sie sagte "ich kann dir jetzt nicht helfen, *umdass* ich keine Zeit habe". "Papa ist in der *redactie*", hieß es und gefragt wurde man "hast du es kalt?" und "wo hast du deine Mütze getan?".

Wann mein Vater in die Zentralredaktion nach Essen gewechselt ist, kann ich nicht sagen, aber Herbstanfang 1963 bekamen meine Schwester und ich noch eine Schwester. Zu dem Zeitpunkt besuchten wir schon eine Weile den Kindergarten, denke ich, keine zehn Fußminuten entfernt. Wir gingen jedoch nicht sehr regelmäßig, verbrachten zwischendurch immer wieder Tage in der Leibnizstraße.

Ich kann mich kaum erinnern, was wir in dem Kindergarten eigentlich gemacht haben. Danni war dort wohl auch öfter, aber ich war zum Beispiel nicht dabei, als eine der "Betreuerinnen" oder "Tanten" ihn am Ohr gezogen und ihm die Haut dahinter eingerissen hat. Ich meine, seine Mutter war darüber äußerst ungehalten. Dannis Großvater, der Vater seiner Mutter, war übrigens Hals-Nasen-Ohren-Arzt in Mülheim und hat ihm mal eine Gitarre geschenkt, die er aus einer Zigarrenkiste gefertigt hatte. Mit Nylon-Saiten.

Ich denke, dort im Kindergarten hatten sie nur ziemlich geringe Mittel. Man malte mit Buntstiften auf die Rückseiten von zugeschnittenen Tapetenresten mit verschiedenen Mustern und von unterschiedlichen Qualitäten, womit sparsam umgegangen werden musste. Ob es Wachsstifte beziehungsweise Wasserfarben gab, weiß ich nicht mehr. Auch nicht, ob wir gebastelt haben, geschnitten, geklebt, irgendetwas gebaut. Und ich wüßte nicht, dass die Spielgeräte, die sie draußen hatten, eine besondere Herausforderung gewesen wären. Man wurde nicht besonders gefördert, will ich sagen, mehr aufbewahrt. Wobei wir dort selbstständig hingingen.

In diesem Alter, ich war etwa fünf, bewegten wir uns selbstständig bereits in einem ziemlich großen Radius. Sonntags gingen meine Schwester und ich ins Rumbachtal bis zu der kleinen Kapelle, wo meine Eltern auch geheiratet hatten, zum dortigen Kindergottesdienst. Das war schon bald 1,5 Kilometer entfernt, denke ich.

Eine Situation steht mir noch deutlich vor Augen, nämlich dass ich eines Tages oben am Priestershof an der Velauer Straße stand und zweifelte. Ich stand allein dort, aber wie das kam, kann ich nicht mehr sagen. Ich wusste, die Grundschule, wo man hinging, befand sich über die Straße und geradeaus den Hügel hinauf, und ging man nach links, kam man - von zu Hause aus in einem Umweg - zum Kindergarten. Ich wollte geradeaus, zur Schule. Gleichzeitig war mir klar, dass ich dort nicht angemeldet war, dass ich keinen Platz hätte in einer Klasse, dass ich keine zündende Antwort haben würde auf eine Frage wie: Was suchst du hier? Darum musste ich nach links, zum Kindergarten, wo man auch nicht auf mich wartete.

Im Zusammenhang mit der Einschulung habe ich von meinen Eltern irgendwann verstanden, dass sie darüber mit einem Cousin meines Vaters gesprochen hatten, meinem Onkel Friedhelm, der Lehrer war. Dieser soll die Meinung vertreten haben, man müsse mit der Einschulung so lang wie möglich warten, weil die Klassen so groß wären und auch noch Kurzschuljahre bevorstünden. Ich persönlich bin diesbezüglich nicht auf die Idee gekommen, hier Einspruch zu erheben, oder habe mir nicht die Mühe gemacht, weil ich vielleicht meinte, an den Entscheidungen doch nichts mehr ändern zu können.

Jedenfalls war meine um ein Jahr jüngere Schwester schließlich zu Ostern 1965 nicht "Muss-Kind" wie ich, sondern "Kann-Kind", und haben meine Eltern dem Rat meines Onkels zum Trotz einige Arrangements getroffen.

Zunächst wurde meine Schwester einer Art Eignungstest unterzogen, zu dem meine Mutter und ich sie begleiteten. Und da ich an diesem Test weder teilnehmen konnte noch brauchte, erschienen mir die nach Auskunft meiner Schwester an sie gestellten Fragen denn auch "puppig".

Des weiteren wurde offenbar mit der Schule vereinbart, dass meine Schwester in eine Klasse gehen sollte mit Danni - vier Monate jünger als ich - und ich in eine - oder in die – Parallelklasse. Und so kam ich - etwa zwei Wochen vor meinem siebten Geburtstag - in die 1a.

Meine Mutter hatte zwei Schultüten hergestellt, die gleich waren, aus mittelblauem Karton mit einem Kragen aus rotem Krepppapier, zum Zubinden. Nur klebte auf der Tüte meiner Schwester noch ein Buchstabe - der Anfangsbuchstabe ihres Vornamens in Rot - und auf meiner "ein Anker", wie meine Mutter sich ausdrückte, weil sie nämlich den Buchstaben für meinen Vornamen spiegelverkehrt aufgeklebt hatte und anschließend noch einmal richtig herum daneben. Es gibt, oder es gab mal, ein Farbfoto von diesem Tag, mit darauf - aus einiger Entfernung aufgenommen - meine Schwester und ich nebeneinander auf dem Gehsteig vom Priestershof, etwa Höhe Thölke, mit dem Rücken Richtung Schule, jeweils Rock, nackte Knie, Schultüte. Die Tornister, ohne Handgriff, waren auf dem Rücken zu tragen, aus Leder, wir hatten dasselbe Modell, man schrieb innen seinen Namen hinein.

Ich denke, schon an diesem ersten Schultag bekam ich einen Dämpfer, denn es stellte sich heraus, dass man für den Sportunterricht ein weißes Turnhemd und eine bestimmte hellgrüne kurze Hose zu besorgen und mitzubringen hatte. Mädchen eine Art Pluderhose mit anliegenden Gummibändern an den Beinen, Jungen eine schöne, weite Fußballhose. Ich sagte: Das mache ich nicht, so eine doofe Pluderhose ziehe ich nicht an. Ich dachte: Es ist schon schlimm genug, dass ich ein Mädchen bin, nur ein Mädchen, und jetzt soll ich mir auch noch so eine Babyhose anziehen, damit mich jeder gleich für ein Mädchen hält. Guck mal, da läuft ein Mädchen. Mit dem kurzen Haar, das ist ein Mädchen. Allein der Ausdruck, so etwas bin ich nicht. Da läuft man schneller, springt man weiter, klettert besser als die allermeisten und dafür soll man sich zur Schnecke machen lassen. Meine Mutter hat wahrscheinlich geantwortet: Das wirst du aber wohl müssen.

Es ist vielleicht mit Ende des Kirchenjahres in diesem Jahr gewesen, dass ein Durchgang Kindergottesdienst ablief. Für seine Teilnahme am Sonntagmorgen hatte es jeweils eine Bestätigung gegeben, und wer die nötigen Bestätigungen vorweisen konnte, durfte sich an diesem letzten Sonntag eine Erinnerung aussuchen, die aus einem Fotoalbum bestand, etwa A4 quer, mit einem bunten Plastikeinband. Auf einem Tisch dort in der Kapelle waren sehr viele dieser Alben aufgestapelt, alle verschieden, hatte ich den Eindruck. Man wurde aufgerufen, es waren sehr viele Kinder da und auch Eltern, die sich vielleicht ja schon zum allgemeinen Gottesdienst eingefunden hatten. Meine Eltern aber nicht, die hatten ihr eigenes Programm, mein Vater hörte zum Beispiel mittags immer Radio - einen Fernseher hatten wir nicht - den Internationalen Frühschoppen, musste dann wohl auch in die Redaktion, wegen der Montagsausgabe, und meine jüngste Schwester war ja auch noch da. Aus diesen Alben habe ich mir jedenfalls eines ausgesucht, das von der Gestaltung her sehr gut übereinstimmt mit dem Zweck, den es dann bekommen hat. Horizontal und vertikal und in allen Farben auf dem Einband angeordnet sind die verschiedensten Eintrittskarten, Fahrkarten, Bordkarten etc., wie Aussichtsturm Scheveningen, Hafenrundfahrt San Francisco, Lufthansa Bangkok, London Transport Euston Sq., Broadway-Theater. Dieses Album und das meiner Schwester, die eines mit Blumenmuster gewählt hatte, wurden nämlich zur Dokumentation einiger Ausflüge und Reisen benutzt. Mit unserer Mutter zusammen gestalteten wir anschließend daran jeder für sich ein paar Seiten, schnitten aus Prospekten aus, malten Bildchen, klebten dazu Fahrkarten, Postkarten, später auch Fotos ein, schrieben kleine Texte.

Die ersten Seiten meines Albums sind für einen Ausflug nach Essen verwendet, wohl ins Folkwang-Museum und in eine Sonderausstellung "Spielzeug" im Ruhrland-Museum, an die ich mich erinnern kann. Und zwar daran, dass dort eine lange Schräge aufgestellt war, mit Filz bekleidet, auf die man ein Püppchen setzen konnte, mit langer Nase und offenbar mit einer Flüssigkeit gefüllt, das dann mittels Rollen vorwärts langsam nach unten kugelte. Davon habe ich eine farbige Zeichnung gemacht. Die Beschriftung dieser Seiten ist in völlig ungeübten Druckbuchstaben ausgeführt.

Es folgt eine Reise nach Amsterdam, nach den Ostertagen 1966, die Texte in Schreibschrift mittels Kugelschreiber, niederländische, englische Worte dazwischen. Den Seiten ist zu entnehmen, dass wir in einem chinesischen Restaurant waren, dem Goldenen Drachen, und ich halte es für möglich, dass wir uns dort mit meinem Onkel getroffen haben, dem älteren Bruder meiner Mutter, der in Amsterdam wohnte und den Kontakt zu meiner Mutter abgebrochen hatte, wegen Deutschland, Krieg und meinem Vater. Ich meine nämlich, mich daran zu erinnern, dass wir in dem Drachen gezeigt bekamen, wie man Essstäbchen hält, um dann damit Erdnüsse zu essen. Dass mein Onkel derjenige war, nicht etwa meine Eltern, der außerdem dafür gesorgt hat, dass meine Mutter zwei Paar dieser Plastikstäbchen als Andenken mitnehmen konnte.

Vielleicht haben wir uns aber doch nicht mit ihm getroffen, und es war meiner Mutter vor allem wichtig, auch in diesem Jahr wenigstens ein paar Tage in den Niederlanden verbracht zu haben, um dem zuvorzukommen, dass man ihr ihren Pass abnimmt, ihr die niederländische Staatsbürgerschaft aberkennt und sie staatenlos würde. Das hätte sie immer befürchtet, hat sie öfter gesagt. Bis dahin haben wir - vielleicht vor allem aus diesem Grund - jedes Jahr im Sommer ein paar Wochen bei meiner Großmutter in Middelburg verbracht, um viel Zeit am Strand zuzubringen, denn die Schwester meiner

Mutter und ihre Familie hatten in der Strandsaison immer ihr Strandhäuschen in Betrieb, wo man sich treffen und auch seine Sachen lassen konnte.

Das Strandhäuschen war aus Holz. Es stand zwischen lauter anderen in einer langen Reihe unterhalb der Dünen auf einer Balkenkonstruktion im Sand, jedes Jahr an derselben Stelle, übrigens nicht weit entfernt von der höchsten Düne der Niederlande. Das Häuschen war fensterlos und gelbweiß gestrichen. Es gab dazu einen großen Schlüssel für die Tür, die man weit aufstellte und einhakte. Hinter der Tür hing ein Vorhang, gelb, meine ich, der Einblick verhinderte. Dahinter, in Griffweite, befand sich das hölzerne Treppchen, das man ganz zuletzt hineinstellte und das man brauchte, um in das Häuschen hinaufzusteigen. Dann holte man das Sonnendach heraus, das vor allem aus zwei langen Stangen bestand mit dazwischen einem viereckigen, orangenen Segeltuch. Eine der Stangen hängte man über der Tür an Haken auf. Dann spannte man das Segeltuch auf, indem man im geeigneten Abstand zum Häuschen zwei weitere Stangen mit einem Holzhammer in den Sand trieb, zwischen die man die andere Stange hängte. Zum Abspannen der Konstruktion benutzte man Holzpflöcke und Tau. Im Häuschen befand sich außerdem ein Windschirm, ebenfalls aus orangenem Segeltuch, den man je nach Windrichtung entweder rechts oder links in der Verlängerung der Seitenwände des Häuschens errichtete. Er bestand aus vier Holzstangen, meine ich, die ebenfalls mit dem Holzhammer in den Sand getrieben wurden, mit dazwischen dem Segeltuch, etwa 1,30 m hoch und insgesamt mindestens doppelt so lang. Auch der Windschirm wurde mit Holzpflöcken und Tau vor allem nach vorne, zum Meer hin, abgespannt. Diese Arbeiten machten mein Onkel und mein Vater. Sie waren damit immer eine ganze Zeit beschäftigt. Und obwohl die Häuschen etwas Abstand zueinander hatten, mussten sie aufpassen, dass sie den Nachbarn mit ihrer Konstruktion nicht in die Quere kamen.

Im Häuschen, das vielleicht drei Quadratmeter groß war, befanden sich auch eine Anzahl Liegestühle, auch einer für meine Großmutter, die manchmal mit dem Bus aus Middelburg hinterherkam. Außerdem waren darin rundherum schmale Planken als Sitzbänke beziehungsweise Abstellgelegenheit angebracht, daran bis zum Boden Gardinchen, hinter denen Strandspielzeug verstaut werden konnte: Eimerchen, Schippchen, Förmchen, ein Bocciaspiel, ein Ball, ein Federballspiel, ein Drachen und so weiter. Auch unsere Schuhe. In der Ecke standen ein paar Spaten, ein Besen, auch ein Klapptischchen. Des weiteren gab es Haken an den Wänden für Kleidung, Taschen, Badezeug und Handtücher, und in Kopfhöhe befand sich eine weitere Runde Planken als Regal, zur Unterbringung von Sonnencrème, dem kleinen Gaskocher, Geschirr und Besteck, Tee, löslichem Kaffee, Zucker, Milch, Gebäck, einer Schale zum Abwaschen, und der blauen Henkelkanne aus Emaille, mit der nicht weit entfernt an der nächsten Buhne aus einem Hahn Süßwasser geholt wurde. Dazu musste man Kanne und Deckel erst auswaschen, denn es war gewiss Sand daran oder hineingeraten. An diesem Hahn an einem der Pfähle der Buhne wurde auch Badekleidung ausgewaschen und außerdem befand sich dort eine Süßwasserdusche. Man sah das Meer kommen und gehen. War es morgens bei Ankunft hoch, war es nachmittags niedrig, und umgekehrt. Die Flut hinterließ festen, welligen Strand, darin warme Tümpel. Das Wasser zog sich sicher 100 m zurück. Bei Hochwasser erreichte es nur selten den Streifen mit dem sehr hellen und feinen Sand, den Strandhäuschen und Windschirmen. Wenn das sich abzeichnete, wurden mit Spaten Sandwälle aufgeworfen.

Ansonsten wurden zum Beispiel Sandburgen gebaut, vor allem an der Linie, bis zu der man meinte, dass das Wasser an diesem Tag steigen würde. Sie wurden mit Muscheln verziert, erhielten Fähnchen aufgesteckt und drumherum Gräben, die sich bei Hochwasser füllen und das Zusammenfallen der Burgen so lang wie möglich verzögern sollten. Im Sand wurden auch Bötchen gebaut, in die man sich setzen konnte um zu warten, bis einen das Wasser umringen, es womöglich über die "Bordwand" schlagen, schließlich aber doch von unten her eindringen würde und man nass würde.

Das Meer war salzig. Es rollte in Wellen auf den Strand. Man konnte bis zum Bauch im Wasser sitzen und die Wellen auf sich zukommen lassen, sich auf den Strand schubsen lassen, sich überspülen lassen, im Untiefen herumspringen, in eine Welle hineinspringen und sich an den Strand spülen lassen. Kurz: baden, denn schwimmen konnte ich nicht. Weit ins Wasser hinein sollte man sowieso nicht und bei ablaufendem Wasser erst recht nicht, denn die Strömung dort ist gefährlich. Manchmal fuhren in ziemlich geringem Abstand erschreckend große Schiffe vorbei, die höhere Wellen produzierten, die raumgreifend auf den Strand liefen.

Segelboote gab es natürlich auch und Fischerboote und andere Motorboote, aber meist in solch einem Abstand, dass es bei uns am Strand vor allem ruhig war. Zusammen mit den Cousins waren wir dort vier, fünf Kinder und vier, fünf Erwachsene. Letztere lasen gerne Zeitungen oder auch Bücher und redeten nicht sehr viel, übrigens Niederländisch, so dass auch ich nicht viel zu reden hatte, sondern hauptsächlich zuzuhören und mir Worte und Sätze zu merken.

Ob ich auch ein Butterbrot wollte, weiß oder braun, Käse, braunen Zucker, vielleicht einen Becher Limonade?

Man konnte auch einfach nur sitzen und gucken: was andere so machen, natürlich, was der Wind so macht oder einfach auf das glitzernde Meer hinaus, mit dem "Blick auf unendlich", wie es heißt.

Manchmal kam der Eismann und zog sein Wägelchen durch die Buhnen von einem Strandabschnitt zum nächsten und läutete seine Glocke. Dann gab es schon mal ein Eis. Oder, bevor wir gegen Abend auf der anderen Seite der Dünen wieder aufs Fahrrad stiegen, gab es manchmal von dem Büdchen dort eine Tüte herrlich heiße, dicke Frites, mit Mayonnaise, obwohl doch in Middelburg meine Großmutter wahrscheinlich schon ein warmes Abendessen vorbereitete.

Meine Erinnerungen an diese Sommer gehen ineinander über, und ich weiß nicht mehr zu sagen, wann sich was abgespielt hat. So haben wir jedesmal meine Urgroßmutter und die Großtante in Vlissingen besucht sowie den dortigen Hafen, wo Garnelen und Aal angelandet und durch Fischerfrauen in Tracht verkauft wurden. Das war mir nicht fremd, denn meine Urgroßmutter trug ja auch Tracht, wenn auch eine etwas andere. Sehr auffallend und für mich ungewöhnlich war der Anblick der großen Schiffskörper, die auf dem Werftgelände mitten in der Stadt im Dock lagen und über die höchsten Mauern hinausragten.

Wenn es kein Strandwetter war, waren wir donnerstags immer mal auf dem Markt in Middelburg, an solchen Tagen auch in einem bestimmten Park oder auf dem Gelände am Wasserturm, bei meiner Großmutter in der Nähe, wo "*Miniatuur* Walcheren" zu besichtigen stand und der lange Kirchturm von Middelburg nach meiner Erinnerung nicht viel größer war als man selbst, das Rathaus so groß wie ein Überseekoffer und die Flügel der Mühlen so lang wie Lineale.

Regelmäßig fanden in den einzelnen Orten in der Umgebung auch folkloristische Tage statt mit Demonstrationen und vor allem Wettbewerben im Ringstechen, sowohl unter einzelnen Reitern auf buntgeschmückten, ungesattelten, meist schweren Bauernpferden als auch paarweise auf blumengeschmückten zweirädrigen Einspännern.

Die Reiter waren meist weiß gekleidet oder trugen einfache schwarze Bauernkleidung einschließlich Kopfbedeckung, in beiden Fällen zusätzlich eine orangene Schärpe über der Schulter.

Die Paare in den Pferdewagen wiederum - und manchmal fuhren auch noch Kinder mit - trugen die gebräuchliche regionale Tracht, wobei normalerweise der Mann das Pferd über den Parcours lenkte, über das Pflaster der Innenstadt, und zwar im Trab. Dabei musste die Frau neben ihm versuchen, eine Lanze, die sie in der Hand hielt, durch einen Ring zu stechen, der zwischen zwei Pfählen über dem Weg hing, was auf so einem Parcours an mehreren Stellen der Fall war.

Die Reiter stürmten mit ihrer Lanze hingegen im Galopp über ein auf einer ansonsten gepflasterten Straße eingerichtetes kurzes, schmales und in der Längsrichtung mit Tau abgesperrtes Stück Reitweg, in dessen Mitte ein Ring aufgehängt war. Wurde dieser gestochen, stieß der Reiter regelmäßig einen lauten Triumphschrei aus und ließ den Ring am Ende der Bahn nach rückwärts von der Lanze fallen, damit der beauftragte Helfer ihn für den nächsten Reiter wieder ans Metallröhrchen an dem Tau anhängen konnte.

Die von den Reitern erzielten Ergebnisse wurden jeweils hinter ihrem Namen auf großen Tafeln mit Kreide festgehalten und dazu über Megaphon allerlei Ansagen gemacht und Kommentare abgegeben, und ich fand's prächtig.

Manchmal liefen wir wegen irgendwelcher Besorgungen durch die Stadt, die überraschend anders war als Mülheim und wo man besondere Materialien erfahren konnte, wie Basaltsteine bei Regen, und wo der lange Kirchturm ein ganz eigentümliches Glockenspiel hören ließ.

Einmal haben wir die nahegelegene große Dammbaustelle besucht, die im Rahmen der "Deltawerke" in Betrieb war.

Auch bei meiner Großmutter zu Hause, in einer Wohnung über zwei Etagen mit einer kleinen Dachterrasse, war es ganz anders, als ich es aus Mülheim kannte. Schon das warme Abendessen roch anders, und bei Tisch lagen die Messer auf gläsernen Messerbänkchen, und meine Großmutter faltete eingangs die Hände und sprach mit geschlossenen Augen das Vaterunser, gefolgt durch ein "wohl bekomm's", alles auf Niederländisch, und nach dem Essen fassten sich alle am Tisch bei den Händen und sangen ein kleines Dankeslied fürs täglich' Brot, Kraft und Gesundheit, ebenfalls auf Niederländisch.

Wenn wir am Priestershof alle zusammen im Morgenzimmer zu Mittag aßen, was selten vorkam, haben wir diese Gewohnheit zum Teil und nur insofern übernommen, als wir uns vor dem Essen bei den Händen fassten und uns gegenseitig einen guten Appetit wünschten, auf Deutsch, selbstverständlich.

Mein Vater hat jedoch bei uns im Kinderzimmer ein kleines Abendgebet eingeführt. Der Tag nimmt ab, ach schönster Zier, beginnt es, und ich könnte den vollständigen Text hier ohne weiteres aus dem Gedächtnis aufschreiben, möchte stattdessen aber lieber betonen, dass meines Erachtens zwischen Tag und Nacht ein Unterschied besteht wie er größer nicht sein kann.

Meine Großmutter in Middelburg kam eigentlich aus Vlissingen, hatte dort in der Besatzungszeit aber mit ihren zwei jüngeren Kindern - ihr Ältester war untergetaucht - nicht mehr bleiben können, weil Vlissingen zur am meisten bombardierten Stadt der Niederlande wurde. Meine Großmutter in Middelburg hatte eine Wanduhr mit einem langen Pendel, die zur halben und zur vollen Stunde schlug. Meine Großmutter stickte in Kreuzstich farbige Bilder, niederländische Motive, zum Beispiel eine große Drehorgel an einer Gracht, drumherum fröhliche Menschen. Meine Großmutter löste Kreuzworträtsel und nahm dabei ein großes, dickes Nachschlagewerk zur Hilfe. Meine Großmutter hatte einen hölzernen Teewagen auf Rädern, die obere Platte aus Glas, auf dem sie verschiedene farbige Porzellantassen umgekehrt auf dazugehörigen Untertassen stehen hatte, einen seltsamen Zuckerstreuer aus Metall, einen kleinen Metallbecher für verschiedene versilberte Teelöffel mit Wappen und Figuren oben am Stiel. Meine Großmutter bewahrte ihre Keksdose im Wohnzimmerschrank auf und wenn sie Tee oder auch Kaffee ausgeschenkt hatte, holte sie sie hervor, hielt sie einem jeden hin, damit man sich ein Stück herausnahm, verschloss sie

wieder und stellte sie zurück in den Schrank. Meine Großmutter hatte auf ihrem Wohnzimmertisch einen dunkel
gemusterten Teppich liegen, auf dem sie zum Beispiel ihre
Patiencekarten auslegte, manchmal doppelte Patience, wenn
sie einen Mitspieler hatte.

Ich kann mich erinnern, dass ich einmal bei meiner Großmutter aus dem nach oben geschobenen Fenster sah, wohl im
ersten Stock, über der Autowerkstatt mit dem großen, dunkelgrünen Holztor, auf die schmale Straße mit all dem Treiben
dort. Dass ich fand, wie seltsam die Menschen sich kleideten:
der Taxifahrer im schwarzen Anzug, mit Schirmmütze, die
Mechaniker im Overall, zum Teil auf Klumpen, ich fand, welch
seltsame Autos sie fuhren: dieser Abschleppwagen mit dem
Kran und dem dicken Haken, diese amerikanischen Straßen-
kreuzer, dazu die dunkelblauen Nummernschilder, mit der
schmalen, weißen Schrift, und es roch seltsam: nach Motoröl,
in Butter gebackenem Mett und mehligen Kartoffeln, seltsam
auch, was ich hörte: Hupen, Fahrradklingeln, fremdartige Zu-
rufe, den Nachrichtensprecher aus dem Radio. Wie seltsam,
dass meine Großmutter in ihrem weiten Sommerkleid aus
dem Haus trat und zu dem Mann ging bei dem kleinen,
elektrischen Lieferwagen, mit ihm redete und sich Brot geben
ließ, ein Weißbrot und ein braunes, denn nur solche gab es
nämlich, und dass ich dachte, dass sie das auch täte, wenn
wir wieder zu Hause in Mülheim wären, und dass das geradezu unvorstellbar sei.

Nach Middelburg und zurück fuhren wir immer mit dem Zug.
Aber auch daran kann ich mich eigentlich nicht erinnern,
denn obwohl von Mülheim aus nur 250 km entfernt, war es
doch eine lange Reise, während der man bestimmt viermal
umsteigen musste und das in sehr unterschiedliche Zuggarni-
turen und Personenwagen, und an der Grenze musste man
seine Pässe zeigen, vielleicht Seesack beziehungsweise Koffer
öffnen. Aber mir steht diesbezüglich nichts weiter vor Augen.
Ich kann mich vor allem an das Gefühl erinnern, das mich bei

diesen Reisen überkam, nämlich dass man ab einem bestimmten Moment nicht etwa in einem der Nachbarländer wäre, sondern in einer anderen Welt. Einer Welt, in der selbst die Luft, die man atmete, nicht dieselbe war wie zu Hause, so als wäre man in einer anderen Biosphäre, in einer parallelen Welt.

1965 haben wir eine solche Reise ein letztes Mal und diesmal zu fünft gemacht. Und ich kann sagen, dass es mir nicht gefallen hat, als Siebenjährige bei meiner Mutter hinten auf dem Fahrrad die zehn oder zwölf Kilometer zum Strand gefahren zu werden und zurück, wobei mein Vater hinten und vorne meine beiden Schwestern drauf hatte. Aber ich hatte ja auch zu Hause kein Fahrrad.

Dann kam der Sommer 1966, den wir erstmals nicht in Holland verbrachten: "Ferien im Schwarzwald" ist mit einem Buchstabenstempel in mein Album gedruckt. Diese Ferien haben wir wieder zu viert verbracht, meine jüngste Schwester blieb, denke ich, bei meiner Großmutter und Onkel Willi in der Leibnizstraße.

Ferien auf dem Bauernhof waren es, einschließlich Heuwenden, Mist Aufladen, Mitfahren auf dem Traktor, und wir sind viel gewandert. Im Tal und auf der Höhe. Neben einer ganzen Reihe Schwarzweißfotos sind ein paar Schwarzweißpostkarten eingeklebt, auch eine Karte, auf der offenbar alle unsere Wanderziele zu sehen sind.

Ich kann mich übrigens erinnern, dass in dem Bauernhaus eine Kuckucksuhr hing, die um die Viertelstunde schlug. Nachts war das, in dem großen, stillen Haus, sehr laut und durchaus gewöhnungsbedürftig.

Die Texte auf diesen Seiten sind mit Füller geschrieben. Allerdings möchte ich in dem Zusammenhang nicht versäumt haben zu erwähnen, dass in dem Album auch Sätze zu finden sind wie: "Das haben wir von *einem* Wanderung mitgebracht" oder "Der Hafen *in* Bagenkop ist voller *bunten Fischerbooten*".

Zu meinen Leistungen im ersten Schuljahr 1965/66 wäre hier aus dem Zeugnis für das erste Halbjahr nachzutragen: Judith hat einen sehr guten Anfang gemacht. Auf dem für das zweite steht: sehr gut.

Es folgten zwei Kurzschuljahre, um Einschulungen und Versetzungen von Ostern auf den Sommer zu verlegen, so dass meine Schwester und ich die Klassen zwei und drei zwischen Ostern 1966 und Sommer 1967 absolviert haben.

In der zweiten Klasse, denke ich, gab es ein Ereignis, an das ich mich bis heute ab und zu erinnere, nämlich dass die Lehrerin eine Frage in den Raum stellte: Wer von euch hier spricht denn noch eine andere Sprache? Ich wusste, jetzt würde oder musste jedenfalls Levent, mein türkischer Klassenkamerad, sich melden, und ich tat es auch, obwohl ich Niederländisch oder Holländisch, wie man sagte, nur dürftig sprach, jedoch ganz gut verstand. So stellte sich heraus, dass von den sicher über 40 Schülerinnen und Schülern ganze zwei sich angesprochen fühlten. Und schon sollte Levent etwas auf Türkisch sagen, was für ihn bestimmt kein Problem war, weil man bei ihm zu Hause Türkisch sprach, und ich sollte auf Holländisch sagen, was denn "bitte" heißt. "*Asjeblieft*", antwortete ich. Da fragte die Lehrerin: "Ja aber was *heißt* denn das?" Und damit war ich sogleich überfragt.

Nun weiß ich nicht, wann es angefangen hat, dass Levent regelmäßig nachmittags zum Priestershof kam, wegen der Schularbeiten, wie wir die wohl nannten, oder *Schullahs*. Dazu hatte meine Mutter sich auf Nachfrage von Seiten der Schule bereit erklärt, habe ich verstanden. Aus welchem Grund auch immer. Jedenfalls hat es sich in der Folge nicht eingespielt, dass Danni und meine Schwester ihre Schularbeiten gemeinsam machten, nicht bei ihm und auch nicht bei uns, und ich machte sie auch nicht mit ihr zusammen, weil sie ja andere zu erledigen hatte, und außerdem durfte sie mich mal in Ruhe lassen, fand ich.

So saß ich also regelmäßig neben Levent auf der langen Seite der Eckbank bei uns zu Hause am Küchentisch und meine Schwester auf der kurzen Seite.

Levent war eine Woche älter als ich. Er wohnte in der Bergarbeitersiedlung parallel zum Priestershof. Der Weg zum Kindergarten zum Beispiel führte an seinem Haus vorbei. Er hat mich aber nie hereingebeten. Ich musste immer draußen auf ihn warten. Nach meiner Erinnerung sprach Levent einwandfrei Deutsch. Er hatte eine saubere, regelmäßige Handschrift, feine Gesichtszüge, war uneitel, lustig.

Übrigens war es nicht üblich, dass man sich als Kinder gegenseitig besuchte. Auch bei Danni "drinnen", wie wir sagten, bin ich nicht oft gewesen. Ich wusste wohl, dass er ein eigenes Zimmer hatte, einen Nachttisch und einen Schreibtisch am Fenster, mit Schubladen, in denen er seine Zeichnungen, Papier und Malstifte aufbewahrte. Ich habe davon nicht viel gesehen, aber er zeichnete jedenfalls kleine Bildergeschichten bestehend aus Zeichnungen in einem Format bestimmt nicht größer als eine Streichholzschachtel, auf der dann aber doch eine ganze Szene zu sehen war. Dannis Vater war Grafiker und Maler. Wir wussten, er entwirft Zeichentrickfilme für Reklamezwecke. Deshalb verfügte Danni auch über Filzstifte, die damals eigentlich kein Schulkind hatte. Danni hatte noch einen älteren Bruder, der aber meist irgendwo im Internat war, und einen kleinen Bruder, etwa so alt wie meine jüngste Schwester.

Die drei Wohnungen unter unserer kamen mir allesamt viel größer vor als unsere, was aber nur an all den Dachschrägen bei uns liegen konnte und daran, dass unsere Fenster kleiner waren und höher lagen und dass wir keinen Balkon hatten. Die Wohnungen waren auch anders geschnitten. Bei Danni hatten sie nämlich sowohl ein Badezimmer als auch noch eine Toilette. In einem ihrer Zimmer hatten sie einen schönen Holzfußboden mit Fischgrätmuster. In diesem Zimmer befand sich auch eine riesige, handgeschriebene Bibel mit farbigen Bildern, die Dannis Mutter uns mal gezeigt hat.

Letztere hatte für diesen immer eine Blechkanne kalten Muckefuck in der Küche stehen, aus deren Tülle er zwischendurch immer Schlücke nehmen konnte. Ich hätte das auch gern so gehabt, aber meine Mutter kannte das nicht und war dazu auch nicht bereit. Bei uns wurde zwischendurch Wasser aus dem Hahn getrunken, "aus dem *kraan*", sagte meine Mutter.

Wir Spielkameraden hatten wenig Ahnung davon, was sich zu Hause bei den anderen so abspielte, denn wir trafen uns vor allem draußen.

Dabei hielten sich bei uns hinterm Hof eigentlich nur Kinder aus unserem Haus auf, außerdem Volker. Volker war mit dem genannten Nachbarn verwandt, der das Grundstück für den Bau unseres Mehrfamilienhauses verkauft hatte. Diesen nannte er Onkel E-E. Auf dem hinteren Teil des verbliebenen Grundstücks, an der Parallelstraße vom Priestershof Richtung Rumbachtal gelegen, hatte Volkers Vater ein Einfamilienhaus gebaut. Von daher war Volker auf doppelte Weise nächster Nachbar. Er war sechs Tage jünger als meine Schwester und ging auf eine andere Schule, welche, weiß ich nicht. Ich fand ihn etwas schwerfällig, etwas verwöhnt und mochte ihn nicht besonders. Dennoch haben wir zu viert - meine Schwester, Danni, Volker und ich - recht häufig zusammen gespielt, auch im Sandkasten, mit unseren kleinen Autos, zum Beispiel, Miniatur-Stadtlandschaften gebaut und so. Geknickert haben wir auch. Manchmal hatten wir an der Teppichstange eine Schaukel, so dass man Weitspringen machen konnte.

Zu dritt mit Danni sind wir immer über die Teppichstange auf die Garagen geklettert und haben dort Mau-Mau gespielt, was ein Kartenspiel ist, mit einem Skatblatt, bei dem die Karten reihum und offen übereinander auf eine erste, vom Stapel der Restkarten abgehobene Karte ablegt werden, in der Basisversion passt dabei Farbe auf gleiche Farbe und

Wert auf gleichen Wert, wobei Buben immer passen und man sich für den Fortgang eine andere Farbe wünschen kann. Wer nicht bedienen kann, muss bis zu drei Karten vom Stapel ziehen, und wenn als erste Karte ein Bube aufgedeckt wird, darf sich der Spieler nach dem Geber eine Farbe wünschen.

Das Spiel heißt Mau-Mau, weil man dann, wenn man seine vorletzte Karte ablegt, "Mau" sagen muss, damit klar ist, dass man nur noch eine Karte auf der Hand hat. Kann man dann ganz auslegen, ausmachen, sagt man "Mau-Mau". Versäumt man aber, beim Ablegen seiner vorletzten Karte "Mau" zu sagen, kann man auch nicht "Mau-Mau" sagen beziehungsweise ausmachen.

Von daher sitzen also welche zum Beispiel im Schneidersitz auf dem Garagendach, und ab und zu sagt einer etwas wie: "Ich wünsche mir Pik" oder er sagt "Herz". Schließlich sagt einer "Mau", vielleicht sagt ein weiterer "Mau", und vielleicht sagt ersterer dann "Mau-Mau", und ganz eventuell hört man: "Du hast nicht "Mau" gesagt!"

Jedenfalls war das Garagendach eigentlich tabu, nur hat uns das nicht weiter gekümmert, denn soll man etwa im Gras Karten spielen, etwa zu dritt auf dem Rand vom Sandkasten oder auf dem Bordstein? Nebeneinander kann man das ja wohl eher nur zu zweit, und auch zu zweit kann man natürlich Mau-Mau spielen, aber dann vielleicht doch lieber Auto- oder Lokomotiv-Quartett oder so, und deswegen sind wir auf das Garagendach trotzdem hinauf, obwohl die Dachpappe heiß werden konnte.

Vorne auf der Straße haben wir natürlich auch gespielt, vor allem, nachdem sie in dem einen Sommer, ich denke 1964, asphaltiert worden war. Manchmal waren wir ganz schön viele.

Eine Zeitlang hatte ich Rollschuhe, mit Eisenrädern, eine Zeitlang einen Tretroller, Roller genannt, mit dicken luftgefüllten Reifen, wir hatten kleine Bälle oder auch nur kleine Steine als Fußball, wir übten Gummitwist und Seilspringen, im Winter bauten wir uns "Schlinderbahnen". Ich hatte Gleitschuhe, auch was Feines, wir hatten zwei Schlitten, einen kleineren schweren und einen leichteren größeren. Konnte man mit den Gleitern auch kombinieren. Natürlich spielten wir Verstecken, besonders unheimlich im abendlichen Zwielicht. Wir bauten uns Flitzebögen, schnitten dafür Pfeile, manchmal saßen wir einfach nur irgendwo im hohen Gras, rauchten schon mal Zigarette, suchten nach Versteinerungen zwischen Lagen Schiefer. So einen kleinen Taschenkalender, wie mein Vater sie vor Neujahr aus der Redaktion mitbrachte, konnte man gut dazu verwenden, die Kennzeichen der Autos aufzulisten, die bei uns vorbeikamen, einschließlich des Fabrikats und anderem Wissenswerten darüber. In dem Stück Brachland gegenüber unserem Haus fand ich einmal eine Pistole aus schwarzem Blech mit einem langen Lauf, die meine Mutter mir nicht lassen wollte, ohne sie mit Weiß bemalt zu haben, damit sie unechter aussähe.

Wir kletterten auf Bäume, den Apfelbaum zum Beispiel. Der trug schön saure große und kleine Äpfel. Aber in der Gegend gab es nur wenig Bäume, die sich zum Klettern eigneten. Es gab Buchenwald. Am Rumbach unten konnte man Dämme bauen. Meine Mutter schickte uns schon mal mit einem Eimerchen dorthin, um Butterblumen zu pflücken. Auch sollten wir ihr mal Weidenkätzchen pflücken, die eigentlich unter Naturschutz stehen. Stiegen auch schon mal über einen Zaun zum Birnen Klauen. Was man sich so einfallen lässt.

Zwischendurch gingen wir regelmäßig mit den Eltern in die Leibnizstraße, die uns dort zum Teil vielleicht nur abgaben. Mir war das recht. Bei meiner Großmutter und Onkel Willi fühlte ich mich ganz zu Hause, es gab genug zu tun.

Onkel Willi ging mit uns auch spazieren und auf den Spielplatz. In der Nähe gab es einen schönen, großen. Er setzte sich dann auf eine Bank und sah zu. Oder gab Hilfestellung. Er war ja Turner gewesen. Und bereitwillig spielte er mit uns immer wieder vor allem Mensch-ärger-dich-nicht. Wir haben mit ihm aber auch Exerzieren geübt, wie früher bei ihm auf dem Kasernenhof, mit dem Luftgewehr aus seinem Schrank, ungeladen, selbstverständlich. Insofern herrschte im Parterre mitunter ein scharfer militärischer Ton.

Mit meiner Großmutter nahmen wir ab und zu auch die Straßenbahn, "die Elektrische", konnte man auch sagen, und fuhren damit sogar bis nach Duisburg, wo sie eigentlich herkam, zum Beispiel für einen Besuch im Zoo, einschließlich Delphinarium, wo man auf einer Tribüne sitzt und zuguckt, wie Delphine in einem großen Becken auf ihrem Schnabel Bälle balancieren, die man ihnen hingeworfen hat, und die durch Reifen springen, die man ihnen hinhält.

Übrigens hat die Straßenbahnlinie nach Duisburg eine breitere Spurbreite als die Bahnen in Mülheim, so dass in Mülheim teilweise doppelte Gleise liegen.

Ziemlich regelmäßig fuhren wir zu dritt auch zum Friedhof, dem Mülheimer Hauptfriedhof. Dort besuchten wir das Grab meines Großvaters und auch andere Grabstellen. Meine Großmutter hatte ja eine ganze Reihe Fotoalben, in denen sie das frühere Leben dokumentiert hatte und die ich mir immer wieder angesehen habe, so dass ich meinte, über die Personen einigermaßen orientiert zu sein.

Mein Großvater hat jedenfalls meine Mutter nicht mehr kennengelernt.

Mit Onkel Willi gingen wir am Rosenmontag immer unten an die Ecke, um den Zug zu sehen. Was mich betrifft, vor allem zu hören, und ganz zuerst, schon aus ganz großer Entfernung: die sogenannte dicke Tromm'.

Ich kann mich erinnern, dass wir mit ihm im Zirkus waren, auf dem ehemaligen Kasernengelände, in so einem riesigen, bunten Zelt mit allerlei Stangen und Seilen, Holzbänken, in der Mitte die Arena mit dem Geruch nach großen Tieren, der Zirkusdirektor mit Zylinder, Clowns in viel zu großen Schuhen, Akrobaten auf Schaukeln in luftiger Höhe, geschmückte Pferde und das Knallen der langen Peitsche.

So ein Besuch ist natürlich an sich schon sehr besonders und ein Spektakel, aber in diesem Fall schien plötzlich etwas nicht zu stimmen, und die Gewissheit darüber breitete sich spürbar unter den Zuschauern aus. Es wurde still. Alle Bewegung erlahmte. Und in der Arena, in einem großen Käfig, lag der Löwe auf dem Dompteur. Minutenlang. Bis er sich träge erhob.

Onkel Willi unterstützte einen. Er tat, was nötig war. Er unterhielt die Öfen. Er ließ einen bei sich im Sessel sitzen und erzählte Geschichten. Mit dem Schlauch ließ er Wasser in Bottiche laufen, damit man im Garten baden konnte. Er pflückte Äpfel und Birnen aus den drei Bäumen dort. Er bewahrte die Pappe von den Oberhemden aus der Wäscherei auf, damit man darauf malen konnte. Er hatte immer eine Tüte Bonbons im Schrank. Wenn ich darum bat, rückte er "ein Märksken" raus. Er fertigte Merkzettel an für meine Großmutter, damit sie sich zu helfen wüsste, wenn, wie er sagte, "ich mal nicht mehr bin".

In der Leibnizstraße konnte man Fernsehen. In dem Wohnzimmer nach vorne, gerichtet auf die Sitzgruppe mit Sofa, davor dem Sofatisch, rechts Onkel Willis Sessel, links der meiner Großmutter, stand auf einem Schränkchen mit darin hinter Glas den Alben und darüber eine Reproduktion von Picassos Mädchen mit Taube ein Fernsehapparat. Damit konnte man drei Sender sehen oder anders gesagt: es gab darin drei Programme, nämlich ARD, ZDF und WDR. Vor allem sonntags um die Kaffeezeit liefen - natürlich synchronisierte - US-amerikanische Familienserien wie Lassie, Fury, Flipper, anschließend Bonanza oder auch Unterhaltungssendungen wie Zum Blauen Bock oder Robert Lembkes heiteres Beruferaten, aber auch die Sportschau, der Weltspiegel, Hier und Heute und sowieso die Nachrichten. Filme mit Heinz Rühmann, den meine Großmutter sehr mochte.

Man konnte sich auch Zeitschriften ansehen oder darin lesen, die Hör zu und auch die Bunte, meine ich. Man konnte die

Rätsel darin lösen, zum Beispiel "Original und Fälschung", wobei man zwei auf den ersten Blick gleiche gezeichnete Bilder miteinander vergleichen musste, um in der Fälschung zehn Fehler ausfindig zu machen, mit einem Kreis zu kennzeichnen und deren Anzahl über eine Strichliste jeweils mitzuzählen.

Abends gab es "Bütterkes", Scheiben Brot mit herzhaftem Belag. Dazu Sprudel. Ja, und dann konnte man, wenn man nicht bleiben konnte, zum Beispiel den Bus nehmen. Nach Heißen beziehungsweise Richtung Essen fuhren drei Linien, so dass man von der Haltestelle bis zu unserem Haus am Priestershof nur noch zehn Minuten zu gehen hatte, wir sagten: zu laufen. Zu Hause dann riefen wir in der Leibnizstraße an und ließen das Telefon dreimal klingeln zum Zeichen, dass wir gut angekommen waren.

Übrigens kannte mein Vater sich in Mülheim gut aus und nahm zwischen Priestershof und Leibnizstraße verschiedene Wege, einer interessanter als der andere. An Opa sein klein' Häuschen vorbei, bei den Engländern vorbei oder am Max Planck-Institut vorbei, am kürzesten an der Kapelle vorbei über den Dickswall. Den umgekehrten Weg natürlich auch, dann musste man allerdings zum Priestershof den Hügel hinauf.

Außer zur Schule gingen meine Schwester und ich zum Blockflötenunterricht der Jugendmusikschule. Gespielt wurde auf Holzflöten in vier verschiedenen Größen, zu Beginn auf der C-Flöte. Der alte Musiklehrer, Herr Adolph, saß während des Unterrichts beziehungsweise während der Proben auch am Klavier, mit dem er uns manchmal begleitete und wonach er uns zuerst immer unsere Flöten stimmen ließ mit der Aufforderung: "Gib mal dein "a"."

Es war zum Teil sehr schön anzuhören, was gespielt wurde. Lauter mehrstimmige Stücke, von Liedern und Weisen bis zu Sonatinen. Natürlich sollten wir dafür zu Hause üben, woraus was mich betrifft aber nicht allzu viel wurde, weil ich mich dabei, vor allem von der Schwester mit der anderen Flöte, immer wieder gestört fühlte.

Dennoch brachte der Unterricht mit der Zeit eine nicht wenig solide Grundlage für meine Kenntnis von Musik zustande und hat mein Repertoire an Liedern und Texten erheblich erweitert.

Meine Mutter hatte übrigens auch eine Flöte - kein deutsches Fabrikat, natürlich - und hat sich manchmal eingemischt. Manchmal holte sie auch ihr Liederbuch hervor, vielleicht das "*Nederlands Volkslied*" mit vielfach unbekannten Melodien und niederländischen Texten.

Ich kann mich an eines über einen Handwerker erinnern, und zwar einen Scherenschleifer, der mit einem Karren von Tür zu Tür geht, um Messer zu schleifen, und in dem Lied den anderen Handwerkern erklärt, warum sein Beruf der beste ist. Eine Art Bänkelsang mit dem Titel "*Komt vrienden in het ronde*": Kommt her, Freunde, schart euch um mich.

Dabei bin ich ganz sicher, dass meine Mutter den Text etwas anders kannte als er in ihrem Buch gestanden haben muss, was aber kein Wunder ist, weil solche Lieder doch vor allem mündlich überliefert werden. *Terlierelom terla!*

Dieses Lied, mit einer ganzen Reihe von Strophen, verstand ich kaum, doch gefiel es mir, vor allem der Refrain, und das Thema war mir auch nicht ganz unbekannt, denn auf dem Priestershof hatte ich einen Scherenschleifer schon mal gesehen, der aber auch Blechtöpfe dabei hatte und vielleicht reparierte, in dem Fall als Kesselflicker, und Volkers Onkel E-E mit dem Grundstück nebenan hatte in einem Winkel dort ungenutzt ein sehr großes Schleifrad mit Kurbel in einem Metallgestell stehen, und dabei schliff Onkel Willi all die interessanten, verschieden breiten Messer mit den schwarzen Griffen in der Schublade vom Küchenschrank in der Leibnizstraße immer selbst und aneinander.

Ob meine Mutter sich von diesem Scherenschleifer zum Beispiel mal ihr Brotmesser hat schleifen lassen, damit sie das knusprige, runde Steinofenbrot, das es nebenan bei Gitta manchmal gab, besser schneiden konnte, weiß ich nicht. Meine Mutter war überdies Linkshänderin, "ausgesprochen links", wie sie sagte, und das ist in Bezug auf Messer zu beachten.

Das Endstück oder besser gesagt, das erste und am meisten knusprige Stück von so einem Steinofenbrot, das Knäppchen, nannte sie irritierenderweise "Käppchen", und die Note "h" nannte sie "*b*", und die Note "b" nannte sie "*bes*", weil das im Niederländischen so heißt.

Nachdem wir schon einige Zeit am Flötenunterricht teilnahmen, ging es um die Frage, wer denn wohl eine C-Flöte aus Metall spielen wollte. Der Lehrer hatte eine solche entworfen und würde sie in einer größeren Anzahl für relativ wenig Geld bauen lassen können. So haben meine Schwester und ich jeweils eine Metallflöte bekommen, sie eine, wie alle anderen, mit einem Mundstück aus schwarzem Holz, ich eine mit einem aus braunem Holz. Eine solche Flöte kostete 49 Mark. Im Gegensatz zu mir hat meine Schwester auf die F-Flöte gewechselt und fortan, wenn vorhanden, bei dieser Stimme mitgespielt.

Aus der Schule will ich noch erwähnen, dass dort in den großen Pausen auf dem Schulhof immer Fangen gespielt wurde. Dazu standen sich in einem Abstand hinter gedachten Linien zwei Parteien gegenüber, die jeweils ohne Ankündigung begannen aufeinander zuzulaufen: aus der einen Richtung der oder die Fänger, aus der anderen Richtung alle anderen, die versuchen mussten, die Gegenseite zu erreichen, ohne abgeschlagen zu werden. Wurde man abgeschlagen, wurde man selbst zum Fänger, so dass es gegen Ende der Runde fast nur noch Fänger gab.

Übrigens könnte ich schwören, dass dieses Spiel Ähnlichkeit hatte mit dem sogenannten Schwarmverhalten, das Wissenschaftler vor nicht allzu langer Zeit am Beispiel von Staren am Abendhimmel in Rom beschrieben haben.

Dazu haben sie das Zusammenspiel untersucht, die Frage, wie die Elastizität und die Geschmeidigkeit eines solchen Schwarms zustande kommen, die zu beobachten ist, wenn er angreifenden Raubvögeln versucht auszuweichen, um diese immer wieder ins Leere fliegen zu lassen.

Anhand ihrer Filmaufnahmen und der Zeitlupen stellten die Wissenschaftler fest, dass jeder Star in dem Schwarm mit einer gewissen Anzahl anderer Stare in seinem Blickfeld kommuniziert, und zwar direkt mit sechs bis sieben und insgesamt mit 15 bis 16 anderen Staren, unabhängig vom Abstand zueinander.

Ich fand das Spiel gruselig. Ich hätte vor allem gerne Fußball gespielt, richtig im Verein, auf dem Platz, elf gegen elf oder so, mit einem echten Fußball. Ich bin auch hingegangen, in Heißen, zu dem Verein, den ich da kannte, als sie Training hatten, um mir das mal anzusehen. Sie haben dort ein kleines Stadion mit rundherum mehreren Reihen einfacher hölzerner Sitzbänke. Zwischen diesen Bänken, in großen Runden um den Platz, fand offenbar gerade das Warmlaufen statt. Langweilig und überflüssig, fand ich. Darüber hätte ich allerdings in Erwartung auf das Fußballspielen hinweggesehen, wenn ich nicht gesehen hätte, dass sich dort ausschließlich Jungen befanden, und Männer. Und da dachte ich: Toll, aber ich sehe schon: Mich lasst ihr hier nicht mitmachen, hier bin ich überflüssig. Aber ihr seid langweilig!

Ab und zu habe ich mir nachmittags das große, schwarze Fahrrad von meinem Vater aus dem Keller geholt. Echt schwer war das und so groß, dass ich kaum aufsteigen konnte. Vom Sattel aus konnte ich die Pedalen nicht bis unten hinuntertreten, sondern trat ein Stück mit dem einen Fuß und zog dann mit dem anderen. Oder ich fuhr es wie einen Roller, tretenderweise mit einem Fuß auf einem Pedal, oder trat tatsächlich in die Pedalen und hatte die Stange seitlich, was aber ein Akrobatakt ist. Ich durfte das natürlich nicht, aber meine Mutter hat es ja nicht gesehen. Ich bin auch schon mal abgerutscht, und einmal ist mein Gummistiefel zwischen Kette und Zahnrad eingeklemmt, so dass ich weder treten noch absteigen, sondern nur noch weiterfahren konnte, bis zu einem großen Sandhaufen, der glücklicherweise in erreichbarer Nähe an der Straße lag und in den ich mich samt Fahrrad fallenlassen konnte. Dann hat man aber doch meine Mutter geholt, denke ich, aber ich weiß es nicht mehr genau und verwechsele das vielleicht mit dem Vorfall, als Danni mal einen Stein vorne in den Gummistiefel bekommen hat, der zwischen Spann und Stiefel eingeklemmt ist, so dass er ihn nicht mehr ausziehen und auch nicht laufen konnte und seine Mutter kommen und den Stiefel aufschneiden musste.

Was die Erwachsenen sich so dachten und warum sie wie eingegriffen haben, kann ich nicht sagen. Aber ich wusste wohl, dass es manchen Leuten in der Nachbarschaft nicht gefiel, dass ich mit meinen Rollschuhen auf der Straße und dem Gehsteig herumfuhr, weil deren Eisenräder mehr Lärm machten als die Gummiräder der Rollschuhe anderer Kinder. Als ich die Rollschuhe einmal bei uns vor der Haustür unter den Briefkästen abgestellt hatte - ordentlich und überkreuz - und sie mir kurz darauf wieder nehmen wollte, waren sie fort. Sehr gemein fand ich das und kaum nachzuvollziehen, denn dort am Priestershof, dachte ich, bräuchte man seine Sachen nicht wegschließen. Vor dem Haus erst recht nicht. Ich konnte mir nicht vorstellen, dass jemand meine Rollschuhe da hat stehen sehen und am helllichten Tag hingegangen ist und sie an sich genommen und irgendwo hingetragen hat. Später habe ich dessen, ehrlich gesagt, meine eigene Mutter verdächtigt. Weil sie die Angelegenheit so ausdrücklich nicht interessiert hat.

Meinen Roller, einen dunkelgrünen, den ich nicht zuletzt 1965 im Rahmen der Wahlen zum 5. Deutschen Bundestag für eine kleine Kampagne eingesetzt habe, indem ich damit ein an einem Stock am Lenker befestigtes Pappschild mit den großen roten Buchstaben "SPD" darauf spazierengefahren habe, den bin ich dann auch noch losgeworden. Das lag aber daran, dass Volker ihn sich ausgeliehen hat und er ihm zerbrochen ist. Zwischen Trittbrett und Hinterrad einfach durchgebrochen. Da könnte man natürlich denken, dass so etwas Konsequenzen haben könnte, dass zum Beispiel einer hergeht und sagt: Das schweißen wir dir wieder an. Aber das passierte nicht und die Konsequenzen trug hauptsächlich ich, indem ich fortan zu Fuß unterwegs war.

Ich kann mich an den einen Nachmittag erinnern, als wir, zu dritt, glaube ich, ziemlich weit vom Priestershof entfernt unterwegs waren, hinter dem Rumbachtal bei den Pferdeweiden, Danni hatte seinen Roller jedenfalls dabei. Und ich wollte mal so ein Pferd streicheln, das ein Fohlen hatte, und bin unter dem Elektrozaun durch und auf das Pferd zu, während Danni und meine Schwester hinter dem Zaun stehengeblieben sind.

Pferde schienen mir vertraut. Vor allem deshalb, weil Onkel Willi früher welche hatte, in der Kaserne und im Weltkrieg, und gut mit ihnen umgehen konnte, und natürlich wegen Fury, dem riesigen schwarzen Mustang aus der amerikanischen Serie, mit dem der Junge - Joey - sogar zur Schule ritt.

Auf dieser Weide passierte aber etwa folgendes: Als ich mich der Stute näherte und sie mit der Hand berühren wollte, kam ein anderes Pferd herangestürmt, ein kleineres, schwarzweiß geschecktes, und biss mich direkt in den Unterarm, so dass ich nur kehrtmachen, im Schweinsgalopp zum Zaun zurückrennen, mich auf den Boden werfen und unter ihm hindurchrollen konnte. Mit dem Schecken auf den Fersen.

Das war knapp, dachte ich und hatte diese Fleischwunde. Aber ich hatte Glück im Unglück, weil Danni mich - vor allem das ganze letzte flache Stück Weg - vorne auf seinem Roller stehend nach Hause gefahren hat. Allerdings musste meine Mutter mit mir dann mal wieder in die Stadt zum Krankenhaus, und dort gab es für mich eine Tetanusspritze.

Einen Hausarzt hatten wir jedenfalls nicht, was aber nicht heißt, dass wir nicht krank waren, denn die einschlägigen Kinderkrankheiten habe ich alle gehabt, meine ich, und meine Schwester auch fast alle, und zwar - was kein Wunder ist - eigentlich immer jeweils gleichzeitig. Aber unsere Mutter war ja Krankenschwester von Beruf und konnte mit solchen Fällen umgehen, kann ich sagen.

Man bekam dann morgens im Morgenzimmer ein frisches Bett auf dem Sofa - "auf der *bank*", sagte meine Mutter -, von dem sie bei Bedarf auch die Rückenlehne herunterklappte, um es zu verbreitern. Sie wusch einen mit Schüssel und Waschlappen, gab einem trockenes Schlafzeug, kontrollierte regelmäßig die Körpertemperatur, bereitete Getränke, auch leichtes Essen, verabreichte manchmal Zäpfchen, bis man wieder gesund war.

Ich hatte einmal einen Bandwurm, den sie mir mit Kohletabletten aus dem Leib getrieben hat, und eine Zeitlang bekamen meine Schwester und ich von ihr täglich Lebertranpillen, ein paar, glaube ich, weil wir mager waren.

Einmal bin ich mit zu einem niedergelassenen Arzt gewesen, und zwar zu Dannis Großvater, dem Hals-Nasen-Ohren-Arzt, nämlich weil meine Schwester sich eine Perle in die Nase gesteckt hatte, wohl weil sie meinte, das wäre ein gutes Versteck, und die Perle nicht mehr herausbekam. Bei der Gelegenheit habe ich den Doktor darauf ansprechen können, dass ich meinte, nicht genug Luft zu bekommen, dass ich mit meinen Lungen nicht genug Luft aufnehmen könne, aber dazu hat er meiner Mutter dann wohl gesagt, das habe keine körperlichen Ursachen, das sei pubertär.

Dort im Morgenzimmer über dem Sofa hing von irgendwann an immer ein Ölgemälde, das Dannis Vater gemalt und - nehme ich an - meinen Eltern geschenkt hatte. Es stellt eine Straßenszene im Ruhrgebiet dar, denke ich. Eine Straßenecke, vierstöckige Mietskasernen, ein Tunnel, eine Brandmauer, die Häuser in grau, braun und rot gehalten, hinter dem Tunnel vielleicht einige Winderhitzer, gegen den Himmel Schornsteine angedeutet und rötlicher Rauch. Auf der Straße, zum Tunnel hin, fährt ein Personenwagen, dahinter so ein offener Lieferwagen, von Coca-Cola, würde ich sagen. In die Seitenstraße ist ein Radfahrer eingebogen, über dem Kopf vielleicht eine Kapuze, tief über das Lenkrad gebeugt.

In dieses Bild konnte ich mich bei Krankheit, dort auf dem Sofa liegend, trefflich vertiefen.

Ebenso konnte ich mich in einige Langspielplatten vertiefen, die meine Mutter ab und zu dort im Morgenzimmer auf dem Plattenspieler abspielen ließ. So zum Beispiel eine Märchenplatte mit dem Titel "Das taube Korn" und ein niederländisches Kindermusical mit dem Titel "*Bah september*", die ich beide beinahe auswendig kannte. Auch eine Single von Heintje, auf Deutsch, und mindestens den Titel "*Er komen andere tijden*" von Boudewijn de Groot - eine Bearbeitung von Bob Dylan's "*The times they are a-changing*": die Zeiten ändern sich - kannte ich auswendig oder fast auswendig und auch Titel der Platte "*Help*" von den Beatles. Was ich davon verstand, ist allerdings fraglich.

Übrigens hat meine Mutter ihre Diplome aus den Niederlanden in Deutschland nie anerkannt bekommen. Meines Wissens hatte sie sich beim Mülheimer Krankenhaus sogar beworben, jedoch scheint man ihr gesagt zu haben, dass man sie höchstens als Nachtschwester einstellen könne, wobei ich nicht weiß, ob das wirklich ernst gemeint war. Jedenfalls hatte meine Mutter nicht oder nicht mehr in Nachtschichten arbeiten wollen, sondern hat dann in Heißen eine Zeitlang stundenweise Gruppen bei der Schwangerschaftsgymnastik betreut.

Ferner hatte sie immer eine Tube mit einer sogenannten Wundersalbe, die sie in den Niederlanden besorgte. Die strich sie einem aber schon mal auf offene Wunden, kann ich aus Erfahrung sagen, die auch nicht ausreichend gereinigt waren - zum Beispiel, als wir an dem einen Sonntag als Familie gemeinsam einen Spaziergang machen wollten und sie meine Schwester und mich schon mal nach draußen vorgeschickt hat, und da hatten wir diesen kleinen Ball und da war an der Straße dieser Berg aus schwarzem Schotter, der sich auch ein bisschen verteilt hatte, so dass ich darauf ausgerutscht bin, mein Knie und meine weißen Kniestrümpfe voller Blut und Schotter waren, und ich wieder nach oben in die Wohnung musste, wo meine Mutter darüber sehr unfroh war und von mir verlangt hat, dass ich mein Bein auf die Toilettenbrille stelle, damit sie es mit - vielleicht unterm Wasserhahn angefeuchtetem - Toilettenpapier abwischen und dieses gleich in die Toilette fallenlassen konnte. Dann kam da Wundersalbe drauf und ein Pflaster.

Dass meine Mutter mit mir wegen dem Biss von dem Schecken "mal wieder" ins Krankenhaus musste, sage ich deshalb, weil ich mir nicht allzu lange vorher beim Spielen unten auf der Straße den Arm gebrochen hatte, den Mittelhandknochen, als ich jemanden aus vollem Lauf abgefangen habe, wonach ich ein paar Mal ins Krankenhaus musste, wegen Röntgen und dem Gips. Deswegen konnte ich sechs Wochen lang auch nur mit links ein bisschen schreiben und ich weiß noch, dass meine Mutter einmal einen Aufsatz für mich aufgeschrieben hat, in ihrer niederländischen Handschrift, und dass ich meinte darauf achten zu müssen, dass sie mir da keine Fehler hineinschreibt von wegen: "Der Hafen *in* Bagenkop ist voller *bunten Fischerbooten*".

Aber es ging mir wohl auch um etwas anderes, denn ich kann mich an einen Moment erinnern, als ich in der Schule mit dem Gipsarm, vermutlich in einer Schlinge, an die Adresse der Lehrer gerichtet dachte: Hoffentlich seht ihr mich jetzt auch mal!

Dabei hatte ich ein gewisses Talent, will ich es mal nennen, das zum Beispiel zur Folge hatte, dass als einmal alle Schüler der Schule an einer Veranstaltung teilnahmen, bei der externe Leute ihr Handwerk vorführten, und ein Töpfer fragte, wer von uns das Töpfern mit der Scheibe mal versuchen wolle, haben sich nicht wenige Schüler gemeldet und ich auch, und mich hat er ausgewählt.

Das kleine Schälchen, das ich dann getöpfert habe, durfte ich anschließend mitnehmen, wobei mir gesagt wurde, dass ich es zunächst ein paar Wochen trocknen lassen solle und dann zum Brennen geben könne, zum Beispiel in das mir bekannte Jugendheim.

Das habe ich gemacht. Jedoch war ich in dem Jugendheim noch nie gewesen, nur auf dem dortigen Spielplatz, der allerdings nicht sehr attraktiv war, weil die Geräte, zum Beispiel eine hohe Rutsche, teils rostig waren. Ich war auf das Schälchen sehr gespannt, hatte aber Mühe, es wiederzubekommen. Und als ich dann jemanden antraf, der mir weiterhelfen wollte, stellte sich heraus, dass es zerbrochen war und mir nur die Bruchstücke ausgehändigt werden konnten. Ob es tatsächlich meine Bruchstücke waren, war jedoch fraglich.

Sie haben dann aber auf dem Gelände des Jugendheims ein Sommerfest veranstaltet, das mir in guter Erinnerung geblieben ist. Dort konnte man an einem Parcours teilnehmen, mit verschiedenen Disziplinen wie Eierlaufen, Sackhüpfen und vielleicht auch Torwandschießen, und dabei Punkte sammeln für kleine Preise, meine ich. Besonders erfolgreich war ich bei der Station, wo man einen Wurfpfeil nehmen und aus einer bestimmten Entfernung auf eine Zielscheibe an der Hauswand werfen sollte, denn ich traf genau ins Schwarze.

Insgesamt waren meine Schwester und ich damals ganz gut zu Fuß, denke ich. Aus lauter Spaß an der Freud' sagten wir zum Beispiel zu unserer Mutter, sie solle jetzt mal gucken, wie spät es ist, und dann würden wir zur Leibnizstraße laufen und sie anrufen, und dann würde sie ja sehen.

Und dann liefen wir also los, gingen zuweilen, aber ich spornte die Schwester auch an, bis wir in der Leibnizstraße vor der Wohnungstür standen - die Haustür war nach meiner Erinnerung tagsüber unverschlossen -, klingelten - über einem

Messingschild mit dem Namen unseres Großvaters einschließlich abgekürzter Berufsbezeichnung befand sich dafür ein Drehknopf -, und als unsere Großmutter öffnete, liefen wir gleich an ihr vorbei und riefen, wir seien gerannt und müssten jetzt sofort unsere Mutter anrufen - unsere Telefonnummer am Priestershof war drei-vier-drei-vier-drei -, und dann war unsere Mutter am Apparat, wollte es kaum glauben und sagte in ihrer unvergleichlichen Art: "Was? Seid *er* schon da?!"

An anderen Tagen ließen wir uns aber auch Zeit, so dass wir - als wir zum Beispiel einmal gesehen hatten, dass sich in einem der Gewässer in Richtung Leibnizstraße lauter Kaulquappen befanden - mit einem Eimer bewaffnet noch einmal hingingen und viele von ihnen einfingen und sie zu Onkel Willi brachten, um sie ihm zu zeigen. Dabei war mir, meine ich, schon auf dem Wege nicht wohl dabei, sie aus ihrem Zuhause entführt zu haben, doch bin ich nicht umgekehrt, um sie zurückzubringen, und deswegen sind sie schließlich in der Mülheimer Kanalisation gelandet.

In dem Sommer, 1967, verbrachten wir ein paar Wochen in Dänemark, und zwar auf der Insel Langeland, zusammen mit einem ehemaligen Studienfreund meines Vaters, dessen Frau und zwei Kindern. Mit diesen fuhren meine Schwester und ich im Auto von Mülheim aus nach Kiel, aber daran kann ich mich nicht mehr erinnern.

Angefreundet habe ich mich mit einem Jungen aus Berlin, der ebenfalls in unserer Pension dort untergebracht war, von wo aus man offenbar einen Postkartenblick hatte. Die entsprechende, übrigens farbige, Postkarte habe ich in meinem Album, und darauf ist ein Küstenstreifen zu sehen und eine Meeresbucht. Der Küstenstreifen ist mit kurzem Gras bewachsen. Es ist eine Stelle, wo eine sehr schmale Asphaltstraße in einen holprigen Sandweg übergeht. An dessen Rand, zum Meer hin gerichtet, stehen ungeordnet eine Reihe Autos, ausländische Modelle, dazwischen ein paar Zelte, ein

Wohnwagen. Im Vordergrund steht jedoch neben dem Sandweg ein Auto mit der Fahrerseite Richtung Meer, ein weißer Ford Taunus 17M, dessen Kennzeichen man erkennen kann, ein deutsches, aus Hannover.

Ich wundere mich darüber, dass ich mich erinnere, dass ich damals dachte, das es ein Kennzeichen aus Hamburg wäre, wobei ich doch eigentlich hätte wissen müssen, dass das nicht stimmt, weil wir damals nach Kiel doch sicher über Hamburg gefahren sind. Aber wie gesagt: An die Autofahrt und selbst an die Fähre kann ich mich nicht erinnern. Nur habe ich von letzterer in dem Album ein Foto.

Bei dem Ford steht jedenfalls der Kofferraum offen, auch die Fahrertür ein Stück und auf der Beifahrerseite vorne das Ausstellfenster. Das Auto gehört zu drei Männern, nur mit kurzen Hosen bekleidet, vielleicht Großvater, Vater und erwachsener Sohn, die neben einem großen, rosafarbenen Hauszelt mit einer langen Angel beschäftigt sind. Zu ihnen gehört offenbar auch noch ein kleines, gelbes Schlauchboot.

Ich fand es damals seltsam, dass diese Männer mit dem Auto aus Deutschland derart exponiert auf einer Postkarte aus Langeland abgebildet sind.

Von unserem Aufenhalt dort gibt es in dem Album nicht mehr als fünf Fotos, in schwarzweiß. Zwei davon am Strand.

Das eine zeigt den hinteren Teil eines alten Ruderbootes, das halb im Wasser liegt, und darin drei Kinder, und zwar auf der Sitzplanke sitzend meine jüngste Schwester, in Pullover, kurzem Höschen und mit nackten Beinen, daneben stehe ich und will gerade "unserem Freund aus Berlin", wie er dort benannt ist, der auf dem Boden des Bootes hockt, einen großen Eimer anreichen. Auf den Freund weist ein Pfeil, der mit Kugelschreiber eingezeichnet ist.

Ich nehme an, wir schöpfen Wasser aus dem Boot. Beide tragen wir nichts als eine kurze Hose, was für mich ungewöhnlich, doch angenehm war. Die Kleine blickt in die Kamera.

Eins der anderen Fotos zeigt meine Mutter und eine Reihe Kinder an beziehungsweise auf einem Hünen- oder Großsteingrab, mit, ich meine, drei Seitensteinen mit einer Höhe von circa 1,40 m und einem waagerecht daraufgelegten Deckstein von etwa gleicher Höhe und in Breite und Masse fast so groß wie die unteren drei zusammen. Oben auf dieser Steinsetzung sitzen meine Schwester und ich, unser Berliner Freund, wie es scheint, und in einer Mulde des Decksteins die kleine Schwester, die dort hinaufgesetzt und von meiner Mutter festgehalten wird, die in die Kamera blickt.

Der Sohn des Studienfreunds meines Vaters trägt sein Indianerkostüm mit Fransen und kurzärmeligem Hemd, ist barfuß und macht gerade den Versuch, auf die Anlage hinaufzuklettern, was ihm an dieser Stelle aber wohl nicht gelingen kann. Meine Schwester zeigt aufs Meer hinaus, wie es aussieht, aber niemand folgt ihrem Blick.

Auch ich bin barfuß. Meine Schuhe werde ich unten im Gras stehengelassen haben, weil sie für das Klettern auf dem, ich denke, Granitstein zu glatt gewesen sein werden.

Neben einer bunten Ansichtskarte vom Hafen von Bagenkop - in der Tat mit vielen bunten Fischerbooten, jeweils mit zwei Masten für verschiedene Segel - klebt in meinem Album ein Schwarzweißfoto, auf dem meine Schwester und ich zu sehen sind mit im Hintergrund offenbar ebendiesem Hafen.

Es ist darauf deutlich zu erkennen, dass ich - natürlich - ein Stück größer bin als sie und mich wohl fühle in kurzer Hose und Anorak mit der Kapuze auf. Meine Schwester trägt ebenfalls einen Anorak, der ein Stück offensteht, darunter Rollkragenpullover, Hemd und Weste sowie lange Hosen, denn nach meiner Bildunterschrift soll sehr schlechtes Wetter gewesen sein.

Wir stehen nah nebeneinander und sehen in die Kamera. Ich habe jedoch den Eindruck, dass die Person dahinter nicht einer meiner Eltern war, weil wir ein wenig verlegen gucken, und nehme an, dass der Studienfreund meines Vaters oder dessen Frau dies Foto gemacht haben, quasi als Beweis, dass sie für meine Schwester und mich eine Weile die Verantwortung übernommen haben.

Vielleicht erkenne ich darum keinen Unfrieden zwischen uns, obwohl meine Schwester, mit der ich eine Menge teilen musste, angefangen beim Geburtstag, schon damals ziemlich durchsetzungsfähig war, und ich mich an Unfrieden zwischen uns sehr wohl erinnern kann.

Ich erwähne dies Foto aber vor allem deshalb, weil ich darauf so aussehe wie der große Bruder, der ich gerne gewesen wäre, und mir dies in dem Moment vermutlich auch bewusst war.

Ich möchte hier noch hinzufügen, dass ich dort nicht so gern ins Meer gegangen bin, weil man, um tiefer hineinzugelangen, immer erst durch einen ziemlich breiten Streifen mit Algen waten musste, der voller Quallen steckte, was ich beunruhigend fand.

Gegen Ende dieses Sommers hat Danni dann ein Fahrrad bekommen, zu seinem neunten Geburtstag. Ein schönes dunkelgrünes, einen 26er, denke ich. Er hat mich aber nur ganz selten fahren lassen und dabei das Fahrrad womöglich noch festgehalten, jedenfalls mit den Augen, und ich durfte nur eine kleine Runde auf der Straße drehen, so dass ich schon bald keine Lust mehr hatte, ihn darum zu bitten.

Sowieso wäre es am Besten gewesen, hätten wir gemeinsam mit Fahrrädern etwas machen können. Aber das geht ja schlecht, wenn nur einer eins hat.

Ich, stattdessen, bekam eine Klammer. Besser gesagt zwei. Eine für den Ober- und eine für den Unterkiefer. Und dagegen habe ich mich nicht gewehrt, jedenfalls anfänglich nicht. Es ist so gewesen, dass ich in der Schule jemanden kannte, der auch eine hatte, und ich fand das interessant.

Der Auslöser dafür, dass ich diese Klammer angepasst bekam, hing meines Erachtens mit einem Ausflug zusammen, den mein Vater damals mit meiner Schwester und mir gemacht hat, und zwar zum Verlagshaus nach Essen, ich denke, an etwas wie einem "Tag der offenen Tür". Woran ich mich erinnern kann, ist die Druckerei, wo die Setzer an ihren Kästen mit den Bleibuchstaben gesessen und im Handsatz Texte gesetzt haben. Möglich, dass anschließend an diesen Tag in der Redaktion über Kinder geredet wurde, dass mein Vater womöglich auf mich angesprochen wurde, vielleicht, dass ich ein ähnlich unregelmäßiges Gebiss hätte wie er selbst und dass das heutzutage zu beheben wäre oder so.

Jedenfalls nahm mich mein Vater in einem bestimmten Moment beiseite, was er sonst nie tat, und sagte etwa: Du hast schiefe Zähne, ein unregelmäßiges Gebiss. Das ist nicht schön für ein Mädchen.

Das machte mich nicht froh.

Meine Mutter ging mit mir zu einem Zahnarzt, in der Nähe der Leibnizstraße, der von meinem Gebiss einen Abdruck nahm. Wenig später gingen wir ein zweites Mal hin, und dabei ließ der Zahnarzt einen Abguss in Gips sehen, der mein Gebiss darstellen sollte. Meine Mutter meinte: Das sieht ja aus wie ein Friedhof!

Auch das machte mich nicht froh.

Und ab dem Zeitpunkt, als mir der Zahnarzt diese Klammer, diese Zahnspange anpasste, aus Kunststoff mit Metallbügeln, war ich behindert, denn ich hatte ein schmerzendes Gerüst im Mund und konnte nicht mehr richtig sprechen und auch nicht richtig zubeißen. Fiel mir oder stieß ich mir die Klammer nachts heraus, tat es morgens besonders weh, sie mir wieder einzusetzen.

Das machte mich auch nicht froh, wie sich denken lässt.

In gewissen Abständen, etwa alle sechs Wochen, musste ich dann wieder zu dem Zahnarzt, der die beiden Teile jeweils nachstellte. Dieser hatte immer ein volles Wartezimmer, so dass man ziemlich lange warten musste. Er hatte dort aber einige Bücher mit ganz lustigen Bildergeschichten, "Vater und Sohn" von e.o.plauen, in denen ich dann geblättert habe.

Wie es kam und wann genau das war, weiß ich nicht mehr, aber ich war froh, als wir mit dem Schwimmen angefangen haben, richtig im Verein.

Die eine Version des Zustandekommens ist die, dass ich - oder wir - von dem Schwimmverein irgendwo gehört oder gelesen hatten, zum Beispiel in der Schule, und die andere Version davon ist die, dass ich - oder wir - nachdem wir unser Leben lang im Sommer in Nord- und Ostsee gebadet hatten - schwimmen lernen und unseren Freischwimmer machen wollten.

Fakt ist, dass man, um Mitglied im Schwimmverein werden zu können, wenigstens seinen Freischwimmer vorweisen musste, und da hat meine Mutter meine Schwester und mich im Schwimmbad zum schwimmen Lernen angemeldet und uns beim ersten Mal, zusammen mit der kleinen Schwester, sogar begleitet.

An dem Tag waren wir im Nichtschwimmerbecken, und ich kann sagen: Nach ein paar Minuten konnte ich mich tatsächlich mit Schwimmbewegungen waagerecht an der Wasseroberfläche halten und Abstände überbrücken, ohne mich zwischendurch hinzustellen.

Besonderen Spaß machte es mir aber, mich in dem Becken fortzubewegen, indem ich mich mit den Füßen vom Beckenboden abstieß, um mit Armen und Kopf voran ins Wasser einzutauchen, Richtung Beckenboden zu gleiten, dort die Hände aufzusetzen, die Beine heranzuziehen und mich mit den Füßen wieder abzustoßen, um diesen Ablauf hin und her durchs ganze Becken nochmal und nochmal zu wiederholen, damit es einem Delphin so viel wie möglich ähnelte.

Nicht lange nach diesen ersten Übungen im Nichtschwimmerbecken des Hallenbades machten meine Schwester und ich unseren Freischwimmer und musste meine Mutter uns die Abzeichen auf die Badeanzüge nähen.

Wie genau sich das alles abgespielt hat, kann ich nicht mehr sagen. Jedenfalls befand sich das Schwimmbad, das sogenannte Südbad, auf dem ehemaligen Kasernengelände, Onkel Willis Kaserne, wo der Zirkus gewesen war, nicht weit von der Leibnizstraße, und das Training fand zweimal pro Woche statt, dienstags und donnerstags, etwa zwischen halb fünf und halb sieben.

Allerdings erhielt ich auch da gleich wieder einen Dämpfer, wegen der Badekappe, die ich hinderlich und unangenehm fand, denn man hörte nicht mehr gut, weil sie über die Ohren gezogen wurde, sie musste straff sitzen, weil sich sonst Luft darunter sammelte und Beulen formte, und hinterließ daher hässliche Abdrücke, vor allem auf der Stirn. Nicht zuletzt hatte ich damit das Gefühl, als trüge ich um den Kopf ein Korsett.

Kurzes Haar, nicht anders als ein Junge, hätte ich doch auch, legte ich dem Bademeister dar, und die bräuchten keine aufsetzen. Der meinte, das müsse ich aber wohl.

In dem Verein trug man einen roten Badeanzug beziehungsweise eine rote Badehose, beide mit jeweils zwei Seitennähten rechts und links, dazwischen einem weißen Streifen. Allerdings weiß ich nicht mehr genau, ob sie nicht "Schwimmanzug" und "Schwimmhose" genannt wurden, denn schließlich badeten wir nicht.

Im übrigen war diese Schwimmbekleidung aus ziemlich dünnem Stoff, und es gehörten auch keine Schwimmabzeichen darauf. Zu dem Anzug gehörte aber in jedem Fall eine weiße Badekappe, aus Kunststoff, die im Becken zu tragen war. Die Hose war mit einem weißen Bändchen versehen, das zur Schleife gebunden wurde, die in oder aus der Hose hing.

Wir bereiteten uns auf Wettschwimmen vor, dafür trainierten wir. Wir trainierten Technik, nämlich die Schwimmstile, und zwar zunächst vor allem Brust- und Kraulschwimmen, letzteres, bezogen auf den Rhythmus des Luftholens, im 2er-, 3er- und 4er-Schlag. Wir trainierten den Startsprung, vom Startblock aus, und die Wende, auch die sogenannte Rollwende, wobei man die Beckenwand nicht mit Hand und Füßen, sondern nur mit den Füßen berührt. Wir trainierten Schnelligkeit und Ausdauer.

Zwischendurch übten wir für den Fahrtenschwimmer und danach für den Jugendschwimmschein unter anderem Tieftauchen nach Ringen, Streckentauchen und ein wenig Kunst- und Turmspringen.

Das Südbad hat ein 25 Meter-Becken mit acht Bahnen und einen Sprungturm mit Ein-, Drei- und Fünfmeterbrett, wobei auf fünf Metern gar kein Brett, sondern nur eine Plattform ist. Unter dem Sprungturm fällt das Becken auf eine Tiefe von etwa vier Meter ab, was sich, wenn man da hinuntertaucht, als Druck auf den Ohren bereits bemerkbar macht.

Das Wasser in dem Schwimmbad ist gechlort oder war es zumindest, und das kann fühlbar und sichtbar die Augen reizen, die dann ein wenig brennen und jucken und mehr oder weniger rot werden.

Das Training fand gemischt statt, sowohl was Geschlecht als auch was Alter betrifft, denn da waren Kinder und Jugendliche.

Wie in der Musikschule auch. Nach dem Sommer hatten einige aus unserer Gruppe neben dem gemeinsamen Flötenunterricht bei Herrn Adolph in einer Schule in Heißen zusätzlich Unterricht in Kleingruppen in einer Schule in der Innenstadt. Bei diesem Unterricht wurden aber keine Stücke einstudiert, sondern es sollte dadurch vor allem die Spieltechnik verbessert werden.

Zu diesem Zweck waren zum Beispiel bestimmte Tonfolgen - Läufe - zu üben, dabei bestimmte Hilfsgriffe zu verwenden, die einem dies leichter machen. Es wurde auf die Atmung eingegangen und die Anblastechnik. In diesem Rahmen wurden kurze Passagen gespielt.

Ende 1967, denke ich, kurz vor Weihnachten, gab es ein großes Konzert in einer großen Halle, vielleicht sogar der Stadthalle. Es waren sehr viele Mitspieler dabei, womöglich die halbe Jugendmusikschule, mit allerlei Instrumenten. Dazu war der Orchesterbereich in lauter Blöcke eingeteilt und man musste sich mit seinem Instrument und einer Anweisung, welche Stimme man zu spielen hatte, seinen Platz suchen, und zwar einen Stuhl mit davor einem Notenständer und darauf den entsprechenden Noten.

Alle trugen dunkel und weiß, ich den dicken Schottenrock, meine ich. Das Besondere war, dass wir vorher noch nie zusammengespielt hatten. Bei den Stücken handelte es sich um allgemein bekannte Weihnachtslieder, würde ich sagen, aber ich weiß nicht, ob ich sie vorher alle schon einmal gespielt hatte.

An Heiligabend in der Leibnizstraße sangen wir Weihnachtslieder aus Liederbüchern. Meine Großmutter spielte auch Klavier dazu. Später haben meine Schwester und ich, zum Teil mit unserer Mutter zusammen, die Lieder dann auch auf der Flöte gespielt, gerne zwei- und vielleicht sogar dreistimmig.

In der Leibnizstraße stand zu Weihnachten in dem großen Zimmer zum Garten hin - dem mit Esstisch und Klavier - vor der hinteren der beiden halbgläsernen Schiebetüren, mit denen man die beiden großen Zimmer voneinander trennen konnte, immer der Weihnachtsbaum.

Am Priestershof hatten wir keinen, was natürlich damit zu tun hatte, dass man in den Niederlanden Weihnachten anders feiert als in Deutschland.

Wie jedoch, konnte ich nicht wissen. Meine Großmutter in Middelburg schickte uns jedenfalls immer ein Nikolauspaket. Darin befanden sich dann Sachen, die man in Deutschland so nicht kannte, und zwar zum Beispiel regelmäßig für jeden von uns einen großen, dicken Druckbuchstaben aus Schokolade, einen sogenannten *chocolade letter*, entsprechend den Anfangsbuchstaben unserer Vornamen, schön zwischen Pergamentpapier in einer Pappschachtel zum Aufklappen. Da fragte man sich immer, ob nicht der eine Buchstabe aus mehr Schokolade bestand als der andere, aber das schien nicht der Fall.

Was mich betraf, sah es so aus, als wären die Gestalten aus den alten Bräuchen durcheinandergeraten. Dies vielleicht auch deshalb, weil sie in andere Kulturen offenbar eingeschleust und dort unter Umständen integriert wurden.

So sollte sich im Kindergarten einmal gerade der Nikolaus befinden. Was sich für mich aber herausstellte, war, dass nicht nur der anwesend war, sondern neben ihm eine andere Gestalt, und zwar ein kleiner "Schwarzer Piet", mit geschwärztem Gesicht und Kostüm mit Mützchen, vielleicht einer Feder, und das war niemand anders als meine Schwester, die man verkleidet hatte und die dem Nikolaus zur Seite stand, ohne dass ich auch nur eingeweiht gewesen wäre. Und weil ich ja rechnen kann, kann ich sagen, dass sie damals kaum älter war als fünfeinhalb Jahre, und da sollte sich eigentlich niemand wundern, wenn man sich als große Schwester fragt, an was für einen Zauber man denn jetzt schon wieder glauben soll.

Was die alten Bräuche angeht, möchte ich hier zwischendurch noch ein anderes jährlich wiederkehrendes Ereignis ansprechen, das mit der Leibnizstraße nach meiner Erinnerung jedoch nichts zu tun hatte, und zwar Sankt Martin, wie wir sagten, und dabei handelte es sich vor allem um das abendliche Martinssingen jeweils am 10. November eines Jahres, meine ich, der ja auch Martin Luthers Geburtstag ist.

An einen Martinsumzug kann ich mich auch erinnern, aber der war einmalig, soviel ich weiß, und es war sogar ein Spielmannszug dabei, in Uniform, der vorweg ging. An dem Umzug nahmen viele Kinder und auch Eltern teil, viele trugen eine Laterne mit einer Kerze darin, Laternen, die sie mit Schere und Klebstoff vielfach selbst gebastelt hatten, die Kinder zum Beispiel im Kindergarten, und zwar aus einer runden Käseschachtel, Fotokarton, Transparentpapier und ein bisschen Draht. Des weiteren brauchte man so ein Stöckchen mit daran Kupferdraht, unten umgebogen zum Einhängen der Laterne.

Im Papierwarengeschäft, zum Beispiel bei dem an der Bushaltestelle an der Velauer Straße oben in Heißen, konnte man aber auch maschinell hergestellte Laternen kaufen, die sie dort schon im Oktober im Schaufenster ausstellten. Man erwarb sie für ziemlich wenig Geld im zusammengefalteten Zustand, einschließlich Laternenstöckchen. Auseinandergefaltet hatte man dann eine schöne, große, bunte Sonne oder einen Halbmond oder auch nur einen Zylinder in verschiedenen Farben. In diesen Laternen befand sich ein Halter aus Metall für die Kerze.

Dieser Umzug fand natürlich abends statt, als die Sonne untergegangen war und irgendwann die Straßenlaternen angingen, die aber nicht viel Licht hergaben, würde ich sagen. Während des Gehens in einem breiten und langen Zug aus Menschen in dunkler Winterkleidung wurden, angestimmt durch den Spielmannszug, Martinslieder gesungen, wie man sie auch schon vom Jahr zuvor kannte und die zum Beispiel im Kindergarten während des Bastelns auch schon vor- und mitgesungen worden waren, in Erwartung dieses Abends mit all seinen schwebenden und schwankenden Laternen mit Kerzenlicht darin.

Laterne, Laterne; Sonne, Mond und Sterne; brenne auf mein Licht; aber nur meine liebe Laterne nicht; sie ist so schön; da kann man mit spazierengeh'n.

Lieder wie dieses sprechen die Phantasie an.

Ich gehe mit meiner Laterne und meine Laterne mit mir, ist doch schon surreal, würde ich sagen, und weiter wurde es mir mündlich wie folgt überliefert: Da oben da leuchten die Sterne, da unten da leuchten wir. Und das stimmte, fand ich, ob man es nun so oder so betrachtete. Dabei heißt es im Text tatsächlich nicht "da unten", sondern "hier unten". Nun ja, und dann heißt es noch, dachte ich: Mein Licht geht aus, wir geh'n nach Haus, rabimmel-rabammel-rabum-bum-bum - was sich wiederholt, und hell klingen dazu die Glöckchen am

Schellenbaum, aber es stimmte auch, denn alle Kerzen gehen aus, und der Umzug löst sich auf.

Es ist möglich, dass meine Mutter mit daran teilgenommen hat, vielleicht mit der Kleinen im Kinderwagen, denn ich nehme an, dass dieser Umzug am Martinstag selber stattgefunden hat, am 11. November, denn dem Vorabend vorbehalten ist eben das Martinssingen, und dann ist man als Erwachsener zu Hause und erwartet, weil es so Brauch ist, die Kinder, die zum Singen kommen.

Sankt Martin, hätte ich gesungen, hat meine Großmutter in einem ihrer Alben notiert, Sankt Martin war ein armer Mann, hat Kleider nicht, hat "Klumpen" an.

Ich habe da wahrscheinlich einiges nicht recht verstanden. Das mit dem sogenannten Puhmann übrigens auch nicht. Es handelte sich dabei um süße Teigmänner, mit einer Tonpfeife, die es vor und an Sankt Martin in den Bäckereien zu kaufen gab, wo sie auf großen Blechen in den Schaufenstern lagen.

Aber bei uns zu Hause waren Puhmänner nicht üblich, und meine Mutter nannte eine Laterne lieber "*lampion*", wenn ich mich nicht irre, und mein Vater hielt sich da heraus.

Der war zu solchen Anlässen in der Regel sowieso nicht zu Hause, sondern den ganzen Tag lang war er das nur an Sonnabenden, am Oster- und Pfingstsonntag, an Heiligabend und am ersten Weihnachtstag, sehr selten auch an Neujahr, und überhaupt arbeitete er eigentlich immer, auch im Urlaub, und das fing morgens mit dem Zeitunglesen an und jedenfalls sonntags, noch im Bett sitzend, schon mit dem Mahlen der Kaffeebohnen, indem er die hölzerne Kaffeemühle zwischen die Knie nahm und kräftig drehen musste.

Trotzdem ging ich zum Martinssingen und meine Schwester auch.

Das war nicht ganz einfach. Man musste sich einer Gruppe anschließen, die sich jeweils spontan entscheiden würde, was zu tun wäre: wohin man als nächstes ging, wie man sich dort aufstellte, ob geklingelt, was gesungen würde.

Die Gruppe sollte nicht zu groß sein und sie musste natürlich auch fähig sein, denn nur mit lauter *Dötzkes* steht man nachher da und singt ganz alleine.

Es musste eine Gruppe sein, bei der man lernen konnte, auch die Texte, die ja nur mündlich weitergegeben wurden, eine Gruppe, bei der man vor allem mitsingen konnte. Denn so ein Lied wie "Ssinter Mätes Vögelsche" musste man erst mal einigermaßen kapieren und sich zu eigen machen, lang wie es ist, mit einer schwierigen Melodie und außerdem größtenteils in Mölmsch Platt, dem Mülheimer Platt.

Hier wohnt ein reicher Mann, der uns was geben kann, heißt es darin auf Hochdeutsch, und weiter: viel soll er geben, lang soll er leben; selig soll er sterben, das Himmelreich ererben.

Und dann haben die Leute in den schwach beleuchteten Einfamilien- und Landstraßenhäusern oben am Priestershof, während wir eines der Martinslieder sangen, von einem zum anderen geguckt und es sich bis zuende angehört und schließlich nach ihrem bereitstehenden Korb gegriffen und vom Inhalt jedem von uns eine Portion in unsere hingehaltenen Säckchen und Tüten gegeben, und das waren Äpfel und Nüsse, Mandarinen, Bonbons und Lutscher, vielleicht Schokolade.

Und dabei kann ich mich nicht erinnern, jemals zum Martinssingen in dem Mehrfamilienhaus am Priestershof gewesen zu sein. Und ich wüsste auch nicht, dass ich andere dort gesehen hätte, die irgendwo klingeln, damit im Haus jemand auf den Türöffner drückt, so dass man die Haustür aufdrücken kann, um unten in einem dunklen Treppenhaus zu stehen, wo nur der Lichtschalter, rechts, auf Brusthöhe, rot leuchtet.

Ich denke, das Haus war nicht einladend, sondern eher abweisend, und mindestens die Hälfte der Parteien hatte sowieso einen irgendwie auswärtigen Hintergrund. Dannis Mutter, zum Beispiel, war irgendwo aus Thüringen, glaube ich, und meine Mutter wurde von den Einheimischen, will ich sie mal nennen, vermutlich vor allem als Ausländerin wahrgenommen und kannte sich in der Tat mit den Bräuchen an Ort und Stelle auch weniger gut aus als ich.

Genau das Gegenteil von abweisend war natürlich Thölke, der Tante-Emma-Laden nebenan, wo Gitta bestimmt die allermeisten Kinder selbst mit Namen kannte und sich ein kleines Ständchen nach dem anderen anhörte.

Wie viele Martinslieder bei uns in der Gegend eigentlich zu Gehör gebracht wurden, kann ich aber leider nicht sagen.

"Als Martin noch ein Knabe war" gehörte nicht dazu, meine ich, hat er gesungen so manches Jahr, geht es weiter. Dieses Lied singt man anderswo, kann ich sagen, und es muss dort ein anderer Ton herrschen: Vor allen Türen weit und breit, da freuet sich die Christenheit.

Und sicher wurde "Ein feste Burg ist unser Gott" auch nicht gesungen, sondern dieses Lied kannte ich im Zusammenhang mit Martin Luther vom Unterricht in biblischer Geschichte und vom Flötenunterricht her.

Ich sang gern. Dabei war mir allerdings auch die Textsicherheit wichtig, denn wenn man die nicht hat, ist ein Lied ja nur unvollständig wiedergegeben und schnell aus. So ein Liedtext, denke ich, lässt sich wegen der zugehörigen Melodie verhältnismäßig leicht merken, und damit hat man ihn natürlich wo man geht und steht dabei. Und außerdem ist selbst ein Lied wie "Alle meine Entchen schwimmen auf dem See" wenigstens richtiges Deutsch, und auch das zu wissen, war mir wichtig.

Heiligabend, jedenfalls, so hatte es sich eingespielt, verbrachten wir in der Leibnizstraße, denn dort war neben meiner Großmutter und Onkel Willi auch noch Platz für uns fünf aus dem Priestershof, und es ist gut möglich, dass der jüngere Bruder meines Vaters, zumindest in seiner Studentenzeit, nicht fehlte.

Soviel ich weiß, war es in der Leibnizstraße sowieso ein gewohnter Zustand, dass sich dort gleichzeitig drei Genera-

61

tionen aufhielten beziehungsweise dort wohnten, wenn auch nur zeitweise.

Gut dreißig Jahre zuvor, allerdings, hatten sich einzig meine Großeltern mit zwei kleinen Kindern dort eingemietet, aber zwischenzeitlich begab es sich, dass die Mutter meiner Großmutter, die Eltern meines Großvaters und auch Onkel Willi dort einquartiert waren, und das vor allem im Krieg und in der ersten Nachkriegszeit.

Es verhält sich ja so, dass mir als älteste der Enkel meiner Großmutter die vier alten Alben - und sei es auch nur beinahe vollständig - anvertraut sind. Ich habe sie zum Teil auch digitalisiert und in dieser Form weitergegeben.

Die vier späteren Familienalben, die meine Großmutter seit der Hochzeit meiner Eltern angefertigt hat, haben sich jedoch meine beiden Schwestern sozusagen unter den Nagel gerissen und halten da den Daumen drauf.

Und obwohl ich ein paar - unvollständige - Seiten aus einem auseinandergenommenen frühen Album, dazu ein paar lose Fotos, von meiner Großmutter in Middelburg geerbt habe beziehungsweise hat meine Mutter sie mir zu gegebener Zeit zukommen lassen, stehen mir aus meiner Kindheit nicht viele Fotos zur Verfügung.

Ich kann mich aber an eines erinnern, das an Heiligabend in dem Jahr dieses großen Konzerts in der Leibnizstraße aufgenommen wurde, auf dem ich in einem weißen Oberhemd abgebildet bin, dazu ein dunkelblauer Schlips, mit beiden Händen meine Metallflöte an den Mund haltend und - mit Absicht - sehr stark schielend.

Unwohl habe ich mich in dem Moment gefühlt, wie immer dann, wenn mich Erwachsene maßregeln wollten, wegen Unzulänglichkeiten oder angeblicher Versäumnisse oder Vorspiegelung falscher Tatsachen oder alles zusammen.

Zum Beispiel hatten wir eines Tages am Priestershof Besuch von einem ehemaligen Klassenkameraden meines Vaters, mit dem er etwa ein Viertel Jahrhundert zuvor auch in der sogenannten Kinderlandverschickung gewesen war, und als wir gemeinsam zu einem kleinen Ausflug aufbrachen und ich in einem nicht ganz unähnlichen Aufzug wie an dem Heiligabend meinem Vater und unserem Besuch voranging, hörte ich diesen zu ersterem sagen: du mit deinen vier Weibern...

Und diese Bemerkung ließ mein Vater dann einfach so stehen und sagte nicht etwa: Heinz Wilhelm, versuche nicht, meine Älteste auf die Schippe zu nehmen. Die schickt dir noch den Onkel Willi auf den Hals.

Oder dass er mal gefragt hätte: Du, besser *mit* vieren als *ohne* vier, meinst du nicht? Und das hätte ich sogar verstanden, weil er meiner Schwester und mir eines schönen Tages tatsächlich Skat beigebracht hat: dieses Kartenspiel für drei, bei dem man reizen muss und dann einer allein gegen die beiden anderen spielt.

An jenem Weihnachtsabend in der Leibnizstraße war die Zeit aber offenbar in gewisser Weise reif, so dass wir jeweils eine Armbanduhr geschenkt bekamen.

Dabei hätte ich mich mit der, die meine Schwester ausgepackt hatte, sofort anfreunden können, denn sie war mittelgroß, rund, hatte zwölf arabische Zahlen und fluoreszierende Punkte auf dem Zifferblatt, wahrscheinlich auch fluoreszierende Zeiger.

Die Uhr, die ich auspackte, war hingegen rechteckig, und ich meine, auf dem Zifferblatt waren vier römische Zahlen, die Zeiger waren kurz, aber ebenfalls fluoreszierend. Ich denke, es war eine Uhr, wie man sie sich am Handgelenk von Audrey Hepburn vorstellen würde. Ich habe echt geschluckt, und meine Mutter bemerkte: "Wenn *er* wollt, könnt *er* ja tauschen."

Das wäre mir aber im Traum nicht eingefallen, doch trug ich diese Uhr an der Innenseite des Handgelenks, damit sie nicht so auffiel, und ansonsten war sie sehr nützlich, weil zum Beispiel in der Leibnizstraße keine Uhr hing.

Am Priestershof aber hing eine Küchenuhr. Die war natürlich vor allem wichtig, um rechtzeitig zur Schule loszugehen, um Viertel vor acht. Danni ging dann meistens auch los, und an seiner Wohnungstür mussten wir ja vorbei. Gegebenenfalls zog ich auf der Treppe auch gleich den Rock wieder aus, meist den dünnen Schottenrock, mit dem ich mich meiner Mutter wegen vor dem Weggehen maskiert hatte, unter dem ich aber eine kurze Hose, vielleicht auch nur eine abgeschnittene Strumpfhose trug, und steckte ihn in den Tornister.

Zusammen gingen wir dann den Priestershof entlang - erst leicht ansteigend und dann gleichmäßig flach - Richtung Heißen, dann die Velauer Straße, an einer Ampel, meine ich, über den Frohnhauser Weg - was die Bundesstraße 1 ist - und dann die Filchnerstraße hoch, ein sehr steiler Abschnitt. Oben, bei der Schule, war die Straße wieder eben. Man brauchte dorthin jedenfalls gut zwölf Minuten, so dass noch etwas Zeit übrig blieb - um in die Klassenräume zu gelangen, wollte ich gerade sagen, aber womöglich ist es dort in der Grundschule die ganzen Jahre so gewesen, dass wir uns morgens vor Beginn des Unterrichts im Klassenverband jeweils zu zweit auf dem Schulhof aufstellen mussten, um dann, nach dem ersten Klingelzeichen, gemeinsam mit dem Klassenlehrer oder der Klassenlehrerin ins Gebäude zu gehen.

Zum Schwimmtraining nahmen wir oben in Heißen den Bus beziehungsweise hatten wir die Auswahl aus drei Linien und fuhren damit bis zur Haltestelle Oststraße am Dickswall, wo man auch aussteigen würde, wenn man per Bus zur Leibnizstraße wollte, was wir allerdings nie, würde ich sagen, taten. Von dieser Haltestelle aus gingen wir dann mit unseren Schwimmbeuteln zum Südbad hinauf, indem wir die Leibnizstraße links liegen ließen, ein Weg von etwa zehn Minuten, so dass wir von zu Hause aus eine gute halbe Stunde unterwegs waren.

Ebenfalls eingespielt hatte sich in dem Zusammenhang, dass wir jeweils nach dem Training - in den Wintermonaten war es dann schon dunkel - in der Leibnizstraße vorbeigingen, um uns für den Rest des Rückwegs und gleich auch für den Rest des Tages mit ein paar Butterbroten - den sogenannten Bütterkes - und vielleicht Sprudel - Apfelsinen- oder Zitronensprudel - noch einmal zu stärken, um uns rechtzeitig - und spätestens hier kommen Armbanduhren ins Spiel - am Dickswall wieder an die Haltestelle zu stellen, uns nach Heißen hochfahren zu lassen und nach Hause zurückzugehen.

So eine Exkursion dauerte schon mal leicht über vier Stunden und kostete natürlich auch. Einen Fahrkartenstreifen mit fünf Fahrten darauf konnte man an der Velauer Straße am sogenannten Büdeken für zwei Mark zehn, meine ich, kaufen, und den musste der Busfahrer dann jeweils zweimal abstempeln oder man benutzte dazu im Bus den Automaten. Ob es einen solchen in jedem Bus gab, weiß ich aber nicht mehr.

Auch ob ich schließlich meinte, mich zwischen dem Flötespielen und dem Schwimmen entscheiden müssen, kann ich nicht mehr genau sagen. Im Zusammenhang mit dem Flöten gab es jedenfalls einen Moment, als aus der Gruppe der Schüler einige ausgesucht wurden, die an einem Musikwettbewerb teilnehmen sollten, etwa "Jugend musiziert". Diejenigen Schüler sollten dabei ein Solo spielen. Und ich hatte gedacht, vielleicht wäre ich diejenige, die die Sonatine, die wir schon einige Zeit übten, am besten spielen könnte.

Dazu ausgesucht wurde ich aber nicht, sondern vielmehr eine um einige Jahre ältere Mitschülerin, die in einem Einfamilienhaus am Priestershof wohnte.

Vielleicht war mir aber auch klar, dass ich nicht wirklich Lust und den Ehrgeiz hatte, um die nötigen Einheiten zu üben und mich zu Hause nicht beirren zu lassen, und hinzu kam, dass das Tragen der Zahnspangen sich auf das Flötespielen nicht eben günstig auswirkte.

Von daher orientierte ich mich in Richtung Schwimmen, das mit Besuchen beim Zahnarzt sogar zu kombinieren war.

Wenn man schon früh in der Halle war, lag das Wasser noch ganz ruhig da, und man konnte helfen, die Trennleinen zum Abtrennen der Bahnen zu legen. Dazu ließ man sich nach einer Dusche am Kopfende des Beckens ins Wasser gleiten, um das Ende einer Trennleine, die auf einen Haspelwagen gerollt war, in Empfang zu nehmen. Die Leine musste dann durch jemanden am Beckenrand nach und nach abgerollt werden, damit sie an dem Ende die 25 Meter bis zum gegenüberliegenden Rand des Beckens durchs Wasser gezogen und dort eingehängt werden konnte.

Manchmal war dann in der Halle über Lautsprecher sogar Musik angestellt, aber nur leise, und ganz ab und zu wurde die Deckenbeleuchtung aus- und die Beckenbeleuchtung eingeschaltet, und dann schien das Wasser grünlich zu leuchten und man kam sich vor wie im Aquarium.

Wenn man aber zu früh da war, die regulären Öffnungszeiten noch nicht vorbei waren und die letzten Besucher die Halle noch nicht verlassen hatten, musste man noch warten.

Ich kann mich an einen Mann erinnern, der in diesen Momenten öfter dort war, der immer geschlossene Kunststoffschuhe trug, selbst im Wasser, und ich fragte mich, wozu denn eigentlich? Und ich dachte dann auch an meinen Onkel aus Amsterdam, der uns eines Tages wundersamerweise in unserer Stadt im Ruhrgebiet unter der rötlichbraunen Glocke in einer beigen Lederjacke mit seinem *Triumph* Kabrio besuchen kam, wahrscheinlich im Morgenzimmer auf dem Sofa übernachtete, mit darüber dem Ölgemälde von Dannis Vater, und mit dem wir auch im Schwimmbad waren. Nur hatte mein Onkel seine Schwimmflossen mitgebracht und war damit ins Becken gestiegen, was der Bademeister missbilligt hatte. Ich bin nicht direkt dabei gewesen, aber stelle mir vor, dass er meinen Onkel mit seiner Trillerpfeife angepfiffen hat und ihm dann mit weitausholenden Gesten vom Beckenrand her bedeutet hat, sich zu ihm an den Rand zu bewegen, damit er ihm mitteilen konnte, dass Schwimmflossen in dem

Schwimmbecken nicht geduldet werden und in der ganzen Halle nicht.

Die Sache ist bei meinen Onkel damals auf Unverständnis gestoßen, soviel ist sicher. Für den Mann in Kunststoffschuhen wurde von Seiten der Bademeister aber offenbar Verständnis aufgebracht, und irgendwann habe ich auch gesehen, was es damit auf sich hatte, nämlich dass diesem Mann alle Zehe amputiert waren, was mich an Krieg und russische Gefangenschaft denken lässt, nicht etwa an die Südpolarexpedition von Herrn Filchner, nach dem meine Grundschule benannt ist, die an der Straße gleichen Namens liegt.

Am Beginn der Zeiteinheit, die dem Vereinsschwimmsport zur Verfügung stand, wenn die Trennleinen im Becken auf dem Wasser lagen, wurde erst noch ein wenig getobt und mit Wasser gespritzt und von allen Ecken und Enden aus ins Becken gesprungen, was man normalerweise, während der regulären Öffnungszeiten ja nicht darf, sondern Springen war nur von der kurzen Seite mit den Startblöcken aus erlaubt.

Das Training begann jeweils mit 400 Meter Einschwimmen, entsprechend 16 Bahnen. Es waren dabei sehr viele Kinder und Jugendliche im Wasser und man schwamm hintereinander einheitlich im Kraulstil in einer der Bahnen zwischen den Trennleinen im Becken auf und ab, je weiter von den Rändern an den Längsseiten entfernt, desto besser eigentlich, denn da bilden sich mehr Wellen. All die Schwimmer verursachten sowieso schon sehr viel Wellenbewegung mit kurzen, hüpfenden Wellen, und es waren selbst so viele - falls der Abstand untereinander ein halber Meter war, kraulten in einer Bahn in zwei Richtungen etwa 25 Schwimmer, das heißt im Becken befanden sich 200 Schwimmer - dass man darauf achten musste, nicht mit Armen oder Beinen einen Vorder- oder Hintermann anzustoßen oder gar zu treten, was einen wenigstens aus dem Rhythmus bringt und vielleicht noch Wasser schlucken lässt.

Dann ging es an die verschiedenen Trainingseinheiten, manchmal schwammen wir auf Zeit. Dabei absolvierte ich immer 50 Meter Freistil, was mit Kraul gleichgesetzt war, weil dieser Stil der schnellste ist.

Meine Schwester hat mehr Delphin geübt und Rücken, beides Lagen, die zu schwimmen mir keinen besonderen Spaß gemacht hat, und sie haben auch schon mal eine Lagenstaffel auf Zeit geschwommen, aber jeder nur eine, vielleicht auch zwei Lagen hintereinander, denn alle vier Lagen schwimmen bedeutete vier Bahnen, gleich 100 Meter, und das wäre damals für einen alleine noch zu viel auf einmal gewesen.

Jedenfalls war so eine Exkursion zum Schwimmtraining, die natürlich auch bei Wind und Wetter durchzuführen war, ziemlich anstrengend, auch wenn wir zwischendurch in der Leibnizstraße eine kleine Pause einlegten und durch Onkel Willi zur Stärkung mit Bütterkes und Sprudel versorgt wurden. Außerdem kann ich mir denken, dass nach unserer Rückkehr manchmal noch die eine oder andere Hausaufgabe zu machen beziehungsweise für eine Klassenarbeit zu üben war.

An meinem zehnten Geburtstag, 1968, bekam ich von meinen Eltern ein Fahrrad geschenkt, ein gebrauchtes, kleines, hellgrünes mit 16er Rädern und einer großen, weißen Flügelschraube zum Feststellen der Sattelstange. Der Lenker stark gebogen. Das Rad sah auf den ersten Blick nach einem Klapprad aus, nur war es das gar nicht.

Am selben Tag hatte ja auch meine Schwester Geburtstag, wurde neun, und bekam ebenfalls ein Fahrrad, ein Damenrad mit 26er Rädern, dunkelblau, mit einem Rockschutz aus farbigen Bändern, ebenfalls gebraucht.

Natürlich habe ich mich gefreut, keine Frage, auch wenn meines eigentlich kein ernsthaftes Fahrrad war. Ich musste ja auch nicht verstehen, was meine Eltern sich dachten. Dass ich meiner kleinen Schwester nicht wegfahren soll, vielleicht.

An dem Fahrrad habe ich insgesamt auch viel Freude gehabt, kann ich sagen, obwohl es nicht lange gedauert hat, bis ich das Tretlager verdorben habe, weil ich auf der sogenannten Kinderstraße einen Unfall hatte, als ich zwischen zwei Pfählen hindurchfahren wollte, die aber zu eng zusammenstanden, so dass ich hängengeblieben bin.

Ob ich darüber etwas gesagt habe, weiß ich nicht mehr, vielleicht nicht, weil es ja nicht gerade das Schlaueste ist, was einem passieren kann, oder weil das Fahrrad dadurch nicht gänzlich unbrauchbar geworden war. Jedenfalls ist niemand hergegangen und hat gesagt: Das lässt sich reparieren. Das wollen wir dir mal richten.

Im Zusammenhang mit Fahrrädern haben wir uns ein Spiel einfallen lassen beziehungsweise eines aufgeschnappt, das ich gern gespielt habe und das man schon zu zweit, aber auch mit vielen, aufgeteilt in zwei Parteien, spielen konnte. Man brauchte dazu nur einen Schellendeckel, das abgeschraubte Oberteil einer Fahrradkklingel, den man in die Mitte der Straße legte und der dann von den Parteien abwechselnd jeweils durch Berührung mit dem Vorderrad an die eine beziehungsweise die andere Bordsteinkante gebracht werden musste.

Man sollte dabei die Füße nicht auf den Boden setzen, beim Kehren, zum Beispiel, und den Deckel durfte man jeweils immer nur einmal anfahren. War man daran vorbei und traf ihn nicht, war der nächste an der Reihe.

Man lernte dadurch gut fahren, sich auf dem Rad zu halten, langsam zu fahren, nicht zu überhasten und abzuwarten, ob derjenige vor einem den Deckel bewegt bekommt, und vorauszuahnen, wo genau er hinspringt.

An die beiden Enden der Lenkstange meines Fahrrads habe ich manchmal ein Tau geknüpft, so dass ich quasi Zügel hatte, die man auch einhändig bedienen konnte. Freihändig fahren war natürlich auch eine Übung, und wir haben uns manchmal mit einem Stein Markierungen auf die Straße gemalt, so dass wir einen Parcours hatten, der möglichst fehlerfrei zu überwinden war.

Des weiteren gefiel es mir, die teilweise ziemlich steilen kleinen Straßen in der Gegend und Teile des Priestershofs hinaufzufahren und so zu tun, als kostete mich das nicht die geringste Anstrengung.

Ich habe mir für mein Fahrrad auch einen Rückspiegel gekauft, einen grünen, und habe von da an auch sehen können, was hinter und seitlich von mir passierte. Das hat mich allerdings nicht dagegen gefeit, dass ich mit dem Fahrrad einmal - was ich damit dort zu suchen hatte, kann ich nicht mehr sagen - um die Ecke von der Leibnizstraße die von-Bock-Straße hinunterfuhr, als sich plötzlich eine Autotür öffnete und ich voll dagegen gefahren bin und mir weh getan habe. Falls die Frau, die das verursacht hat, mich noch angesprochen hat, habe ich das von mir abgeschüttelt und bin gleich weitergefahren.

Auch solche Sachen habe ich zu Hause nicht erzählt, denke ich. Meinem Vater sowieso nicht, denn ich sah ihn nur selten. Schon in der Grundschulzeit waren wir ja von Montag bis Sonnabend - "Samstag" sagten wir damals - morgens um Viertel vor acht aus dem Haus und erst mittags, spätestens um kurz nach halb zwei wieder da, und dann war mein Vater schon "in der *redactie*". Wenn er abends zurückkam, schliefen meine Schwester und ich meist schon. Hörten wir ihn aber kommen, machten wir uns in dem Kinderzimmer bemerkbar und wenn er dann in unsere Richtung gelaufen kam und etwas vor sich hin murmelte wie: "Da habe ich doch was gehört!? Ich muss doch mal nachgucken, was da im Kinderzimmer los ist", dann machten wir uns in unseren Betten unter unseren Decken ganz klein, so als wären wir nicht anwesend, und dann war er erstmal ganz ratlos, wo die Kinder denn geblieben wären, und dann musste er uns vielleicht noch ein bisschen suchen und sich dann natürlich ausgelassen freuen, dass wir doch noch da waren.

Sonnabends hatte mein Vater ja frei, dafür aber sonntags nicht.

Meiner Mutter erzählte ich, wenn möglich, auch nichts weiter, denn es war natürlich vor allem sie, die mich unter Umständen in die Schranken wies, und daneben konnte sie mich schon mal unangenehm überraschen. Exemplarisch hierfür ist vielleicht dieser Kindergeburtstag, als sie sich für die anwesenden Kinder ein Spiel ausgedacht hatte, das ich ihnen zunächst vorführen sollte, und zwar würde sie in der Küche einen Parcours aus leeren Flaschen aufbauen, den jeder von uns mit verbundenen Augen überwinden müsse, ohne welche umzuwerfen. Und dann ließ sie mich das vorführen und anschließend feststellen, dass sie in dem Fall überhaupt keine Flaschen aufgestellt hatte.

An Tagen, an denen mein Vater frei hatte, spazierten wir zuweilen nachmittags in südlicher Richtung durch das Rumbachtal, durchs sogenannte Look und am Liebfrauenhof vorbei, wo es verwildert war und ich mich eigentlich nur an eine mit Bäumen und Brombeerbüschen umgebene große Wiese erinnern kann, wo am anderen Ende einige Turngeräte standen, vor allem sehr hohe senkrechte Kletterstangen, die man aber nicht benutzen konnte, weil sie zum Teil rostig waren. Darum gingen wir dort auch nur vorbei und weiter über Waldwege, dann vom Weg ab über lehmige Hügel, wo man im Winter bestimmt gut hätte Schlittenfahren können, und dann hoch in ein Gebüsch und wieder heraus und schon standen wir in Raadt, neben einem Weg, der geradewegs zu dem Haus führte, wo wir hin wollten, und zwar dorthin, wo mein Onkel Friedhelm wohnte, der Cousin meines Vaters, der Lehrer, mit meiner Tante und meinem Cousin, und daneben, in der anderen Haushälfte, meine Tante Erna, Mutter des Onkels und Schwester meines Großvaters.

Das Haus stand an der Zeppelinstraße, nicht weit vom Mülheimer Flughafen. Von unseren Fenstern im Haus am Priestershof aus konnte man die dortige große Halle sehen, und

oft war davor der Zeppelin mit der bekannten Schokoladen-
werbung festgemacht, an dessen Anblick ich gewöhnt war.

Mein Vater fand es richtig, hat er mir einmal geschrieben,
wenn man sich beim Schreiben auf Dinge konzentriert, die
man kennt und die man selbst erlebt hat: auf selbsterlebtes
Leben, lehrbares Eigenes, Geschichte im Alltag, selbstbiogra-
fische Geschichte.

Ich kann mich dem anschließen und möchte deshalb hier
auch nur dies eine Mal aus seinen postum herausgegebenen
Aufzeichnungen zitieren, die zu lesen ich nur empfehlen kann
(Klaus Kämpgen, "Einmal wird es sein müssen", ISBN 3-8334-
2959-3), und in denen er über die Zeit Mitte der zweiten
Hälfte der 1930er Jahre u.a. schreibt, Zitat:

... Dies war ja auch eine Zeit intensiven Familienlebens. Die
Großmutter Mathilde (Mutter seiner Mutter, J.M.) war zu uns
gezogen (in die Leibnizstraße, J.M.), die ihre eigene Kränz-
chenrunde pflegte, und Onkel Willi (mein Vater schrieb ihn
hinten mit Ypsilon, J.M.) ging bei uns ein und aus, holte uns
Kinder abends signalisierend und leise pfeifend vom Spielen
nach Hause. Zugleich hielten wir enge Verbindung zum ländlichen Teil unserer Familie, zu den Großeltern Hermann und
Minchen und ihrer Tochter Erna Kammann, die alle in Raadt
wohnten. Zu jedem Wochenende fuhren wir mit der Straßenbahn, die mühsam die lange Südstraße (meint die Kaiser-
straße, J.M.) hinaufkletterte, bis zum Friedhof, wo man in
eine altmodische, über die Schienen schaukelnde Pendelbahn
umstieg. Von der Windmühlenstraße aus liefen wir zum
Schürfeld, wo an der Ecke eines kahlen Feldwegs drei spitz-
giebelige Häuschen nebeneinander standen. Im mittleren
wohnten die Großeltern. Hinter dem Fenster im ersten Stock
war schon von weitem der weiße Kopf Hermanns zu erkennen.

Zu der Wohnung gehörte eine große, mit einem hölzernen
Dach überdeckte Veranda, die sich auf ein Wort hin in einen
Dampfer, in einen Burgturm oder einen militärischen Beob-

achtungsstand verwandelte. Kammanns wohnten anfangs in einem der Häuschen nebenan, zogen aber dann in ein nahes Doppelhaus mit großem Garten und Hühnerstall an der Zeppelinstraße, die nach wenigen hundert Metern in den Vorplatz des Flughafens Essen-Mülheim mündete. Zitat Ende.

Aus demselben obengenannten Grund möchte ich hier auch nur dies eine Mal aus den Alben meiner Großmutter zitieren, zeitlich ein paar Jahre vor den obigen Aufzeichnungen, im Geburtsjahr meiner Mutter und ein Viertel Jahrhundert bevor ich selbst geboren bin, Zitat:

Sommer 1933 - Der große Augenblick in Klaus Kinderleben. Göring besucht den Flughafen in Mülheim. Klaus und Friedhelm laufen vom Spielen mit schmutzigen Händen und Gesicht ihm entgegen. Klaus hat wieder seine unvermeidliche S.A.-Mütze auf dem Hinterkopf, die ihm Göring erst mal gerade setzt. Rechts Terboven (falls ich diesen Namen richtig gelesen habe, denn der Text ist in Sütterlin geschrieben, J.M.). Zitat Ende.

Dass meine Großmutter das Foto gemacht hat, ist möglich, aber nicht sicher. Es ist darauf eine Ecke einer Wiese zu sehen, links offenbar durch eine Hecke und hinten durch ein brachliegendes Feld begrenzt. Die Wiese gehört vielleicht zu einem Lokal, weil auf dem Foto ein Stück Gartentisch mit weißem Tischtuch und daran Gartenstühle zu sehen sind. Beobachtet wird die Szene auf der Wiese von einer ganzen Reihe größerer Kinder am Feldesrand, fast alle ohne Kopfbedeckung und vielleicht aus der nahegelegenen Schule, wo Friedhelms Vater Gustav unterrichtete, einer aus Holz gebauten "Zwergschule", laut Duden eine Schule, besonders in ländlichen Gebieten, in der auf Grund geringer Schülerzahlen Schüler mehrerer Schuljahre in einem Klassenraum unterrichtet werden.

Bei dieser Reihe Schüler am Rande der Wiese steht auch ein Erwachsener, der ihr Lehrer gewesen sein könnte, vielleicht Onkel Gustav, den ich übrigens nicht kennengelernt habe, und vor ihnen außerdem ein Polizist mit einem Gewehr über der Schulter. Zwischen den Schülern ist eine Hakenkreuzfahne zu sehen, die offenbar auf der Erde steht. Zwei weitere Polizisten mit Gewehren stehen links an der Hecke und rechts vor dem Gartentisch.

Die Szene auf der Wiese spielt sich ab im Schatten einer weiten Baumkrone und ist von oben, etwa aus dem zweiten Stock des Flughafengebäudes, aufgenommen.

Das Foto ist nicht allzu scharf, aber es ist davon auszugehen, dass es sich bei der Hauptperson auf der Wiese um den Luftfahrtminister handelt, mit Orden behängt, eskortiert von einer ganzen Gruppe SS-Leuten, wenn ich das richtig sehe, die Hakenkreuzbinden tragen.

Göring beugt sich zu dem kleinen Friedhelm hinunter, der ihm einen Strauß Blumen überreicht, daneben mein vierjähriger Vater mit der genannten Mütze, größer als sein Cousin, obwohl ein gutes Jahr jünger. Hinter den Jungen steht ein größeres Mädchen mit Zöpfen, vielleicht ebenfalls aus Onkel Gustavs Schule, die die beiden vielleicht aus dem Haus am Schürfeld herbeigeholt hat.

Wenn mein Vater frei hatte, spazierten wir nachmittags also manchmal zu fünft vom Priestershof aus zu dem genannten Doppelhaus an der Zeppelinstraße, um dort im Garten, auf einer Wiese, mit Onkel Friedhelm, der Tante, dem Cousin und auch Tante Erna am Kaffeetisch zu sitzen, vielleicht mit Kuchen und auch schon mal mit einem ganz kleinen Gläschen Eierlikör mit Kaffeepulver darauf, wie meine Großmutter in Middelburg ihn auch manchmal löffelte.

An einem solchen Tag ist die Idee vielleicht aufgekommen und dann auch weiterentwickelt worden. Aber dass ich begeistert war, möchte ich bezweifeln.

Ich würde ein gutes Zeugnis erhalten, ohne Frage, und noch vor den Ferien auf dem Gymnasium angemeldet werden, das war wohl auch klar, nur wäre Danni dann nicht mehr da, denn er würde umziehen, besser gesagt: wegziehen, und wenn die

Ferienpläne aus der Zeppelinstraße Wirklichkeit würden, wäre er nach unserer Rückkehr weit weg in München.

Ob Danni je mein Freund gewesen ist, kann ich nicht sagen. "Unser Freund" war er aber sicher nicht, denn "unser Freund" ist eigentlich nur ein politischer Ausdruck, wie Kinder ihn in ihr Fotoalbum schreiben, weil ihre Mutter ein Foto hergegeben und das so vorgeschlagen hat, siehe "unser Freund aus Berlin", denn nach meinem Verständnis hatte ich mit meiner Schwester zwar einiges gemeinsam, gemeinsame Freunde jedoch nicht.

Zuhause in Mülheim hatte ich nämlich überhaupt keine Freunde, sondern Schul-, Spiel- und Sportkameraden.

"Unser Freund aus Berlin", wie in meinem Album formuliert steht, auf den Seiten über unsere Ferien auf Langeland, war allerdings tatsächlich mein Freund, denn er war mir vor allem vertraut.

Der Sommer danach, der von 1968, markierte für mich jedenfalls einen Einschnitt oder Umbruch, beginnend mit den Bergen. Zu viert, ohne die jüngste Schwester, fuhren wir in dem Sommer nämlich mit dem Zug in die Schweiz, in die Glarner Alpen, bis zu einem Bahnhof an einem großen See und weiter mit dem Postbus eine Serpentinenstraße zu einem Dorf hinauf. Mir wurde sehr übel.

Und überall waren Berge, türmten sich zu einem ungeheueren Panorama, geradezu unglaublich, mit See.

Meine Großmutter und Tante Erna hatten die Gegend schon 1956 besucht, doch wie die Einladung dazu zustande gekommen war, kann ich nicht sagen. Meine Großmutter schrieb unter eines ihrer Fotos von dieser Reise: die lieben Schweizer.

Onkel Friedhelm war hier schon mehrfach gewesen und hatte meine Eltern wahrscheinlich beraten, so dass wir in einem Bauernhof eingemietet waren, auf dem sie vor allem Kühe hatten, diese grauen, von denen die meisten eine mehr oder minder große Glocke um den Hals trugen.

Onkel, Tante und Cousin wohnten während der Ferien, wenn ich mich recht erinnere, in einem dieser hölzernen Chalets, ein paar hundert Höhenmeter oberhalb des Dorfes. Als wir sie dort das erste Mal besuchten, waren da mehrere Kinder, und für die hatten sich die Erwachsenen eine Aufgabe ausgedacht, dass nämlich eine Hütte gebaut werden sollte, wozu wir in der näheren Umgebung von den Bäumen abgebrochene Äste zusammensuchen und in ein in den Waldboden geschlagenes Grundgerüst einflechten und mit Moos abdichten sollten.

Die Fertigstellung hat stundenlang gedauert, wobei hin und wieder einer der Erwachsenen an der Baustelle vorbeikam, um den Fortgang in Augenschein zu nehmen, vielleicht Verbesserungsvorschläge zu machen.

Es ist schließlich eine passabele Hütte geworden, mit einer Decke als Tür und einer Plane, die als Dach diente.

Ich bekam Wanderschuhe geliehen, weil die über waren und mir passten, rote, die waren echt Spitze! Damit ließ sich vergnüglich wandern, vor allem über Stock und Stein, aber auch querfeldein, zum Beispiel zum See hinunter, einem über hundert Meter tiefen Bergsee, dem Walensee.

Es gab dort Schiffsbetrieb mit einer ganzen Reihe Anlegestellen, die man aber auch zum Springen ins Wasser nutzen konnte, das ziemlich kalt war, jeweils bis sich durch eine Sirene eins der Schiffe ankündigte, und das war dann Fridolin, meistens jedenfalls.

Aus vierhundert Meter Höhe, zum Beispiel, sah der Walensee mit Fridolin darauf natürlich schon ganz anders aus. Vor allem, wenn er sich direkt unter einem befand. An einen solchen Anblick musste man sich erst gewöhnen.

Mein Onkel wanderte sehr gerne. Bergwandern, muss man ja eigentlich sagen. Er trug dazu immer hellbraune Knickerbocker aus Kordstoff, rote Kniestrümpfe und helle Wanderschuhe. Mein Cousin hingegen wanderte überhaupt nicht gerne. Er war ein, zwei Jahre älter als ich, rothaarig, sommersprossig, schmallippig, sehr mager und trug meist eine kurze Lederhose. Oft ging er gar nicht mit, sondern blieb mit seiner Mutter in dem Chalet. Ich habe ihn ein paar Mal echt weinen sehen, um dort bloß nicht weg zu müssen.

Auch ich wanderte gern. Vom Flöten her kannte ich doch auch so manches Lied darüber, angefangen von "Das Wandern ist des Müllers Lust", wobei ich mir als Mülheimerin, die häufig durchs Rumbachtal und an der Walkmühle vorbeiging, unter "vom Wasser haben wir's gelernt" etwas vorstellen konnte, über "Auf, du junger Wandersmann" mit seiner schönen Melodie, bis zu "Im Frühtau zu Berge", wo sie schon wandern, noch ehe im Tale die Hähne krähen, und Grillen fingen.

Und in der Tat saßen am frühen Morgen die giftgrünen Heuschrecken noch eher regungslos im feuchten Gras, bevor sie später ihr Zirpkonzert anstimmten, das mein Vater wunderlicherweise nicht hören konnte.

Aber ich sang nicht, sondern lauschte auf das Kuhglockenkonzert. Manchmal führte ein Weg direkt über eine Weide, so dass man den Elektrozaun öffnen, hinter sich wieder schließen, die Weide überqueren, wieder den Zaun öffnen und hinter sich schließen musste. Bei den Bauern, bei denen wir wohnten, war es öfter der Fall, dass man das Haus nicht erreichen konnte, ohne auf diese Weise zwischen den Kühen hindurch zu gehen, weil sie die Weiden örtlich verlegten.

Eines Nachts müssen sie tatsächlich meine Mutter herbeigerufen haben, als ein Kälbchen geboren werden sollte, aber wie sie auf die Idee gekommen sind und was meine Mutter, als Hebamme, da helfen konnte, weiß ich nicht.

Von da an gab es auf dem Hof jedenfalls einen kleinen Stier, mit dem man sich ein bisschen anfreunden konnte, doch als deutlich wurde, dass er Weihnachten geschlachtet werden würde, war ich darüber nicht mehr froh, sondern tat er mir ähnlich leid wie das Schneemädchen aus dem großen russischen Märchenbuch, aus dem meine Mutter meiner Schwester und mir, als wir jünger waren, manchmal vorgelesen hat, die Geschichte von dem alten Ehepaar, das sich so sehr ein Kind wünscht, aber keines bekommt, und die eines Tages Kindern beim Schneemannbauen zusehen und beschließen, sich ein Kind aus Schnee zu bauen, das zum Leben erwacht und das sie lieb gewinnen und bei sich behalten, das dann aber, mit dem Ende des Winters, schmilzt und verschwindet.

Wir wanderten natürlich nicht jeden Tag, denn Wandern, oder Bergwandern, braucht Vorbereitung, und anschließend muss man sich auch ein wenig ausruhen. Außerdem konnte mein Onkel nicht so wie er wollte, wegen seiner Knie, die ihn beim Abwärtsgehen oft schmerzten.

Es gab in der Nähe aber auch einen schönen Höhenweg ohne viel Höhenunterschied, zudem eine Seilbahn, von der aus man auf den See und das langgezogene Tal und die Berge im Süden blicken konnte.

Und es gab, wie gesagt, den See. An seinem nördlichen Ufer schmiegte sich daran eine schmale Straße, über die man ans Wasser herankam, einfach zu Fuß oder auch motorisiert, wobei ein bestimmter Straßenabschnitt, der ein paar Tunnel einschloss, nur im wechselnden Einrichtungsverkehr befahrbar war. Hinweisschilder auf beiden Seiten gaben die jeweiligen Zeiten dafür an. In Richtung Osten am Ufer entlang fahren konnte man innerhalb von zwei Zeitfenstern pro Stunde, etwa zwischen der vollen Stunde und zehn nach und der halben Stunde und zwanzig vor. In die Gegenrichtung somit zwischen Viertel nach und fünf vor halb und Viertel vor und fünf vor der vollen Stunde.

Der Onkel hatte ein Auto, soweit ich weiß, und konnte dadurch auch größere Sachen mitnehmen wie etwa Klappstühle, wir aber gingen zu Fuß.

Auf den großen Steinen am Ufer konnte man ganz gut sitzen, und es gab dort auch Bäume und Schatten. Manche Leute machten zwischen den Steinen auch kleine Feuerchen aus Reisig und brieten Würstchen darüber, die sie an beiden

Enden kreuzförmig eingeschnitten und auf Stöcke gespießt hatten. Die Enden bogen sich dann während des Garens nach außen. "Spanferkelchen" wurden sie genannten und sie rochen sehr verführerisch, so dass meine Mutter mit uns Kindern eines Tages fast den ganzen Weg noch einmal zurückgegangen ist, um im Dorf beim Metzger diese Würstchen zu kaufen und beim Bäcker Stockbrot.

Wenn wir uns die Besteigung eines Gipfels vorgenommen hatten, befand sich ein solcher etwa auf 2000 Meter über dem Meer, so dass wir dann etwa 1200 Höhenmeter überwunden hatten. Auf dem letzten Abschnitt einer solchen Gipfelbesteigung war auch nicht mehr die Rede von Bergwandern, sondern eher von Klettern, weil man sich zum Teil an extra dafür vorgesehenen Drahtseilen festhalten und dann hochziehen musste, um zum Gipfelkreuz zu gelangen. Und dort hatte man dann bei klarem Wetter einen spektakulären Rundblick. Auch befand sich dort in der Regel, in einem Wetterkasten am Gipfelkreuz, ein Gipfelbuch, in das man sich unter dem jeweiligen Datum eintragen konnte. Manche Leute fügten noch ein paar Angaben hinzu, zum Beispiel über das Wetter, über ihren Rückweg oder auch, dass und wo sie an dem Tag zum Beispiel Gemsen gesehen hatten, denn das geschah auch.

Zu einer bestimmten Wanderung in einiger Entfernung waren wir mit dem ehemaligen Studienfreund meines Vaters, dessen Frau und den zwei Kindern verabredet, mit denen wir im Jahr zuvor die Ferien auf Langeland verbracht hatten und die wohl auf der Durchreise waren. Diese Wanderung war jedoch nicht schön, weil eigentlich alle vier falsches Schuhwerk trugen, die Kinder Gummistiefel und die Erwachsenen Schuhe, mit denen man vielleicht zum Strand geht. Ich kann mich erinnern, dass der Weg über ein ziemlich steiles und breites Geröllfeld führte und deutlich war, dass es dort für Gummistiefel viel zu rutschig wäre und dass man darauf in Sandaletten viel zu wenig Halt hätte, woraufhin meine Mutter mit der

Frau des Studienfreundes und den zwei Kindern umgekehrt ist und mit ihnen stundenlang an einem breiten, flachen Bach, ich glaube, in der Nähe eines Gasthauses, auf uns andere gewartet hat.

Vielleicht sind sie dabei aber auch nicht ganz untätig geblieben und haben sich inspirieren lassen durch die einzigartigen Hinterlassenschaften mancher Wanderer, die in solchen Bächen Türmchen errichten, nicht als Wegmarkierung wie die sogenannten Steinmänner, aber dementsprechend durchaus einen Meter hoch, aus einzeln aufeinandergelegten großen Bachkieseln mit als Abschluss einem ganz besonderen oder besonders aufgestellten Stein, sehr skurril und auch fragil aussehend, wobei sie, wenn sie gut gelegt sind, habe ich gemerkt, sehr wohl stabil sind.

Eine sehr besondere Wanderung war die zur Fridolinshütte, gelegen auf 2111 Meter über dem Meeresspiegel am Fuß des Tödi, dem mit 3614 Meter höchsten Berg der ganzen Gegend. Wir waren zu fünft, meine ich, und es war gegen Ende unseres Ferienaufenthalts, so dass wir uns an das Bergwandern schon ein bisschen gewöhnt hatten, vor allem an ein gewisses stetiges Tempo dabei und daran, ziemlich lange Strecken auf in der Regel unbekannten Wegen zurückzulegen, die allerdings bei Routenverzweigungen an Kreuzungen und Gabelungen mit Wegweisern versehen waren, mit Armen, aus einem schweren Gussmaterial, vorwiegend in Gelb, darauf in schwarzer Schrift die Namen der Orte in den jeweiligen Richtungen und deren Entfernung in Stunden und Minuten. Manchmal, vor allem in weglosem Gelände, gab es an Baumstämmen, auf großen Steinen oder an dazu aufgestellten Holzpfosten Zwischenmarkierungen in Form von Farbstrichen, teilweise mit Nummernangaben, die einem den Verlauf einer Wanderroute bestätigen können.

Ansonsten hatte Onkel Friedhelm immer seine mit durchsichtiger Plastikfolie überklebte Wanderkarte und einen Kompass dabei, die er gern zu Rate zog, und er und mein Vater hatten Ferngläser.

Noch vor Sonnenaufgang hatte der Onkel meine Eltern, meine Schwester und mich an einer Haltebucht an der Serpentinenstraße, die durchs Dorf führt, mit dem Auto aufgegabelt, und dann waren wir bestimmt eine halbe Stunde gefahren, und als es hell wurde, parkte er sein Auto auf einem Parkplatz.

Anfangs führte der Weg durch ein Waldgebiet und war noch breit genug für ein Geländefahrzeug, aber auch steinig, und ab und zu floss ein mehr oder weniger breites Rinnsal schräg darüber hinweg.

Ich kann mich an ein Hochtal erinnern, durch das wir liefen. An einer Stelle unterhalb eines felsigen Hanges standen Hinweisschilder, auf denen stand, dass man dieses Wegstück zügig passieren solle, wegen Steinschlaggefahr. Man musste dort auch über ein Flüsschen mit einer Brücke, die man ebenfalls zügig überqueren sollte, wegen Sturzflutgefahr, weil oberhalb ein automatisch gesteuertes Wehr sei, so dass plötzlich eine Flutwelle herunterkommen könne.

Vielleicht war es in diesem Tal, als wir auf einmal Motorengeräusche hörten, die näher kamen, und dann sahen wir einen Hubschrauber fliegen, der an einem Seil, einem Stahlseil vielleicht, ein Netz mit Material transportierte. Und dann gingen wir über ein großes Schneefeld, und das bei sommerlichen Temperaturen, und dann sagte der Onkel, nicht weit entfernt, in einer bestimmten Richtung befände sich der Klausenpass, der zwei Täler miteinander verbindet, und das konnte ich mir gut merken, denn das war doch auch der Name meines Vaters.

Das Wandern machte mich neugierig. Ich war ständig gespannt darauf, was hinter der nächsten Wegbiegung zu sehen wäre, welche Aussicht sich auftun würde. Und zwischendurch suchten wir immer wieder Stellen zum Rasten aus, meist im Schatten, um Wasser zu trinken, das wir an Tränken in

Plastikflaschen abgefüllt hatten, vielleicht Käsebrote oder getrocknete Früchte zu essen und um in aller Ruhe die Gegend zu betrachten, die Karte zu studieren und einzelne Orte und Gipfel zu bestimmen.

Schon in 2000 Meter Höhe kann man merken, dass die Luft dünner ist als unten im Tal und dass einem in solcher Höhenluft die Schritte weniger leicht fallen als sonst.

Übrigens kamen wir an einem Gletscher vorbei, aus dickem, bläulichem Eis, suchten und fanden Bergkristalle, teilweise durchsichtig, und trugen uns in der Fridolinshütte ins Hüttenbuch ein.

Aber ab und zu haben wir auch eine kombinierte Tour gemacht, zum Beispiel über das Örtchen Quinten nach Walenstadt, ein Weg, der vorwiegend bergab führt, zum Teil allerdings sehr schmal ist und dann beinahe so, dass man links eine Steilwand nach oben und rechts eine zum See hin hat.

Unten angekommen wartet man am Anleger auf Fridolin und lässt sich in etwa anderthalb Stunden zum anderen Ende des Sees fahren, wobei man diesen von einem Anleger zum nächsten ein paar Mal in der Querrichtung überquert, und dann nimmt man wieder den Postbus die Serpentinenstraße hinauf.

Ich kann nicht sagen, ob meine Eltern anlässlich der Übelkeit, die mich in dem Postbus regelmäßig befiel, sich je gefragt haben, ob sie mich in das neue Gymnasium oben auf der anderen Ruhrseite überhaupt schicken können, denn dorthin musste man vom Priestershof aus etwa eine halbe Stunde mit dem Bus fahren, und das nicht schlecht die Hügel hinauf.

Meine Mutter behauptete, meine Schwester und ich hätten nach der Grundschule eigentlich auf die Schule an der Nordstraße gehen müssen, weil die für den Priestershof zuständig gewesen wäre, und nicht auf das Gymnasium in Broich.

Für die Richtigkeit dieser Behauptund habe ich aber keinen Beleg gefunden, sondern vielmehr erfahren, dass die Gesamtschule, die es in der Nähe der Nordstraße gibt und die mit Sporthallen, Schwimmbad und Stadtteilbibliothek auf ihrem Gelände als Ganztagsschule konzipiert war, erst 1970 erbaut wurde.

Dabei kann es natürlich sein, dass die Schule ihren Betrieb in einem noch unfertigen Gebäude aufgenommen hat, was in Broich der Fall war.

Meine Schwester und ich sind dort vom Sommer 1968 an in eine der acht Eingangsklassen gegangen, genannt Sexta, und zwar in die 5g, wie Gustav.

Im Zusammenhang mit dieser Schule habe ich erfahren, dass sie Ostern 1966 - damals noch an einem anderen Standort - in eine reine Koedukationsschule umgewandelt wurde und damit im Bundesland Nordrhein-Westfalen das erste Gymnasium war, das Jungen und Mädchen in einem Klassenverband unterrichtete.

Ich weiß nicht, ob ich damals etwas über Koedukation gewusst habe oder ob diese Angelegenheit gar nicht in mir aufgekommen ist, weil in der Grundschule Koedukation doch üblich war.

Andererseits frage ich mich, was geschehen wäre, wenn meine Eltern trotz der behaupteten Zuständigkeiten gesagt hätten, dass sie ihre Kinder aber gerne in ein neusprachliches Mädchengymnasium schicken würden, ins Lyzeum, denn das gab es, und wir sind früher auf unseren Spaziergängen zur Leibnizstraße oder zurück zum Priestershof öfter daran vorbeigegangen.

Des weiteren ist mir bekannt, dass die Gegend um die Leibnizstraße, zumindest in der Vergangenheit, Schulviertel genannt wurde - so hat mich Onkel Willi am Eingang der Realschule nach Belieben auf den Rücken eines der beiden Bronzepferde klettern lassen, obwohl das für mich eine echte Herausforderung war - und ich weiß, dass auch mein Vater dort in der Gegend - mit Unterbrechungen wegen Krieg und Besatzungszeit - aufs Gymnasium gegangen ist. Dieses ist

1968 allerdings eine Schule für Jungen gewesen, die ich also nicht hätte besuchen können.

Insgesamt bleibt mir die Sache mit der Schule an der Nordstraße ein Rätsel. Wenn es stimmt, was meine Mutter behauptete, soll mir mal jemand erklären, wie man da sechsmal wöchentlich vom Priestershof aus vor acht Uhr hätte hinkommen sollen und wie lang das gedauert hätte.

Wäre solch ein Schulweg überhaupt zumutbar und/oder wünschenswert gewesen? Oder wollte meine Mutter meine Schwester und mich am liebsten genau dorthin, und damit auf eine Ganztagsschule schicken? Oder wollte das vor allem mein Vater? Wollte mein Vater mich von Innenstadt und Leibnizstraße fernhalten? Oder wollten meine Eltern meine Schwester und mich tatsächlich trotz allem und mit Sondergenehmigung in Broich zur Schule schicken, weil wir doch ohnehin in Richtung Innenstadt orientiert waren?

Da wären also eine Menge Fragen offen. Sicher ist aber, dass Danni in keine der ansässigen weiterführenden Schulen gegangen, sondern in den Sommerferien 1968 nach München umgezogen ist. Sicher ist außerdem, dass Guido und Mareike als Kinder von Leuten, die nicht weit entfernt am Priestershof eine Hälfte eines neugebauten Doppelhauses bezogen hatten, da, wo der Sandhaufen gewesen war, in den ich mich mit dem großen, schwarzen Fahrrad meines Vater hatte fallenlassen können, von einem gewissen Moment an ebenfalls unsere Schule in Broich besuchten und jedenfalls auch nicht die an der Nordstraße.

Übrigens hatte ich unterdessen angefangen Bücher zu lesen, und die Ursache dafür war ein Hund, ein großer, rotbrauner irischer Setter mit Namen Pan. Auf diesen Hund war ich aufmerksam geworden, weil ich oben am Priestershof fast täglich an Haus und Grundstück, wo er lebte, vorbeiging und dort außerdem Regina wohnte, nicht viel älter als ich, die ich vom Sehen her kannte.

Das Besondere war, dass sich auf dem Grundstück der Leute eine Art Weide befand beziehungsweise ein großes Freigehege mit nur sehr wenig Gras, in dem sich der Hund täglich aufhielt und den man von der Straße aus dabei erblicken konnte, wie er mit wehendem Schweif darin hin und her trabte wie ein Pferd.

Auf das Grundstück gelangte man durch ein niedriges Törchen mit dahinter einem schmalen Plattenweg, links dem Gehege und rechts einem weißgekalkten Landstraßenhaus, wie ich es bezeichne, nicht sehr groß, die schmalere Seite gleich an der Straße, zweistöckig, Spitzdach, dahinterliegenden Schuppen und einem seitlichen Eingang in einen Vorbau, dessen Wände zum Teil aus farbigem Glas bestanden.

Regina hat mich ein paar Mal zu sich mitgenommen und mich zusehen lassen, wie sie mit dem Hund umgeht, ihm zu trinken gibt und dergleichen. Dort in dem Vorbau haben wir auch ein bisschen herumgesessen und vielleicht Sirup getrunken, und dort standen Bücher, Jugendbücher.

Bei uns am Priestershof, im Abendzimmer, standen natürlich auch Bücher. Meine Eltern hatten dort ein Regal, das bald eine ganze Wand einnahm und in dem sich eine Menge davon befanden. Nur griff ich nicht danach. Ich betrachtete sie nur. Lange konnte ich dort auf dem Teppich liegen und mir die Bücher in dem Regal - von links nach rechts, von oben nach unten, je nachdem oder einfach sozusagen als Gesamtkunstwerk - betrachten, wie sie da Rücken an Rücken standen, dick, dünn, groß, klein, einfarbig, mehrfarbig, gleiche nebeneinander, mit kurzem Titel, langem Titel, dick gedruckt oder dünn, gerade, schräg, in Druckschrift, Schreibschrift, mit den Zeichen der Verlage, und manchmal fehlte eines, was man an der Lücke erkennen konnte, die es zwischen zwei anderen auf dem Brett hinterlassen hatte, und lag irgendwo, meist auf dem kleinen, runden Eichentisch, immer zugeschlagen, mit einem Lesezeichen zwischen den Seiten.

Und bei diesen Betrachtungen fragte ich mich auch, was einem so eine Buchrückenaufschrift denn wohl sagen soll, die lautet "Das-Glas-per-len-spiel" oder "Louteringsberg", und was es wohl auf sich hat mit "Geschichten vom Hörensagen".

Aus der Redaktion brachte mein Vater ab und zu einen neuen Stapel Bücher mit, weil er für die Zeitung Besprechungen darüber schrieb und die dann nicht mehr gebraucht wurden, und das waren eher Kinderbücher mit Zeichnungen darin und Fotobücher und die habe ich dann der Reihe nach aufgeschlagen und mir mehr oder weniger genau angesehen.

So kann ich mich an eines über die Heinzelmännchen erinnern, der Text ganz oder zum Teil in der bekannten Gedichtfassung: "Wie war zu Köln es doch vordem; mit Heinzelmännchen so bequem!" Und dann folgte die illustrierte Beschreibung einer Begebenheit in einer Backstube, die die Heinzelmännchen nachts immer aufgeräumt hatten, bis eines Abends die Bäckersfrau ihre Neugier nicht zügeln konnte und sich auf die Lauer legte, um zu sehen, wer denn die Backstube immer so schön aufräumte, was die Heinzelmännchen bemerkten und von da an der Backstube fernblieben.

Dort in dem Vorbau bei Regina zu Hause war es jedenfalls schön ruhig, und es stand einem frei, sich ein Buch zu nehmen, eine Gelegenheit, von der ich Gebrauch gemacht habe.

Es befanden sich dort eine ganze Reihe Kinder- oder Jugendbücher, wie man unschwer erkennen konnte, weil die farbigen Umschlagzeichnungen jeweils ein interessantes Szenenmotiv mit Kindern darstellten, das abenteuerliche Vorgänge nahelegte und selbstständiges Handeln dieser Kinder, vier an der Zahl, plus einem Hund, der Pan in dem Freigehege nicht ganz unähnlich sah und auf den Umschlagzeichnungen immer mit abgebildet war.

Tatsache war, dass dort jeweils alle fünf Freunde abgebildet waren, denn so hieß die Buchserie. Der seltsame Name der Autorin - ich habe eine Tante mit Namen Edith, hatte aber noch nie von jemandem mit dem Namen Enid gehört - war auf dem Umschlag immer auch in einem seltsamen Schriftzug abgedruckt, als handelte es sich um eine eigenwillige Unterschrift. Was mir an den Büchern auch gefiel, war, dass innen offenbar jeweils eine ganze Reihe Illustrationen in schwarzweiß zu finden waren, die ich mir gerne mal genauer angesehen hätte, um mal zu gucken und herauszufinden, worum es in so einem Buch überhaupt geht.

Daher habe ich dort in dem Vorbau bei Regina zu Hause angefangen, den ersten Band dieser Buchserie zu lesen, und las über Kinder in einem anderen Land, England, und zwar über drei Kinder, die mit dem Auto an die See gebracht werden, um dort bei Onkel und Tante und deren Kind die Ferien zu verbringen. So muss ich es jetzt vielleicht aus-drücken, denn es ist ja so, dass diese Buchserie ursprünglich in englischer Sprache geschrieben ist, und wenn man im Englischen ein Kind von Onkel und Tante meint, spricht man von "*cousin*", und dabei wird nicht deutlich, ob es sich um einen Cousin oder eine Kusine handelt.

Die Eltern von den drei Kindern könnten daher zu ihnen etwa Folgendes gesagt haben: "Wir möchten, dass ihr die Ferien diesmal bei eurem Onkel, Tante und *cousin* an der See ver-bringt. Es wird euch bei ihnen gefallen."

Und das haben Julius, Richard und Anne ihren Eltern offenbar unbesehen so abgenommen, und als sie dann vor Ort von Onkel und Tante hören, dass *cousin* Georg gerade nicht da, sondern am Strand ist, gehen sie dorthin und finden ihn auch, zusammen mit einem Hund, allerdings sehr abweisend und nur an seinem Ruderboot interessiert.

Es gibt auch Streit, denn Georg will seine drei *cousins* gar nicht bei sich zu Hause haben, sondern die Ferien mit seinen eigenen Angelegenheiten verbringen. Das wollen Onkel und Tante aber so nicht einsehen. Und dann stellt sich noch heraus, dass Georg Kusine ist und eigentlich Georgina heißt, aber nicht so genannt werden will.

Wie die Geschichte in deutscher Sprache erzählt wird, kann ich nicht mehr sagen, aber ich fürchte, nicht ganz ohne innere Widersprüche. Und ich frage mich, ob es nicht ein wenig realitätsfern ist, dass Julius, Richard und Anne ihre Eltern offenbar nicht danach fragen, ob es sich bei dem *cousin* um einen Cousin oder eine Kusine handelt, doch fällt mir allerdings auch "unser Freund aus Berlin" ein, wie in meinem Album formuliert steht, den meine Wenigkeit für einen Freund hielt, weil er mir vertraut war, und das vielleicht insofern, als es ihn nicht weiter gekümmert hat, was für ein *cousin* ich eigentlich bin und in welche Schublade womöglich zu stecken.

Diesen ersten Band von der Buchserie durfte ich mir mal ausleihen, und dabei ist es nicht geblieben, sondern ich werde mir wohl jeden der Bände ausgeliehen haben und auch noch andere Bücher einer anderen Serie dieser Autorin, nur weiß ich das nicht mehr genau.

Was ich aber sehr wohl genau weiß, ist, dass man als Leseratte, die in Heißen wohnt, in den Bussen in Richtung Stadtmitte und weiter in Richtung Broich, und umgekehrt, nicht willkommen war. Schon an der Haltestelle oben an der Velauer Straße waren die Busse eigentlich voll, und man musste in jedem Fall die ganze kurvige Fahrt den Hügel hinunter, weiter über den Dickswall und an der Leibnizstraße vorbei bis zur Schlossbrücke stehen, wo man aus- und umsteigen musste und bereits eine Menge anderer Schüler wartete, um sich ebenfalls in einen der Busse hineinzudrängen, die die Ruhr überquerten und am anderen Ufer hinauf zur Schule fuhren.

Der Rückweg war jeweils noch überfüllter, wenn kurz vor halb zwei dort oben am Steinbruch auf der anderen Ruhrseite an der Haltestelle der Schule Hunderte von Schülern auf den Bus warteten, der dort nicht etwa leer ankam, und die fast alle zurück über die Ruhr wollten, und das war natürlich nicht ein Bus, sondern nach und nach eine ganze Reihe von Bussen mit derselben Route, und oft genug musste man einen passieren lassen, weil der so voll war, dass die Türen nur gerade noch zugingen.

Am allerbesten wählte man seinen Standort an der Haltestelle so, dass die Chance groß war, dass man als einer der ersten an der hinteren Bustür einsteigen konnte, um sich mit seinem Tornister, der sogenannten Tonne, schon von der Trittfläche aus gleich links und vor der senkrechten Haltestange unter der waagerechten Haltestange hindurchzuschlängeln und auf die Sitzbank über der Radkappe zu rutschen und sich ans Fenster zu schieben, was natürlich nicht erlaubt war. Doch erstens war der Busfahrer weit weg hinter seinem Lenkrad, zweitens wäre es für alle Beteiligten viel zu aufwendig gewesen, hätte er einzig die vordere Bustür geöffnet und jeden kontrolliert an sich vorbeigehen lassen, was eben zur Folge hatte, dass die Busse auf unkonventionelle Art durch beide Türen betreten und verlassen wurden, und drittens war der genannte Weg auf die genannte Sitzbank gleichzeitig der beste, weil der schnellste Weg wieder aus dem Bus heraus.

Hatte man an der Haltestelle keinen guten Standort erwischt, musste man höchstwahrscheinlich mit vielen anderen Schülern wie die Ölsardinen eingekeilt irgendwo zwischen den Sitzreihen stehen und sich den Hügel hinunterschaukeln und über die Ruhr zurück zur Stadtmitte bringen lassen, um dort einen der Busse in Richtung Heißen zu nehmen, die bald ebenso voll waren, nur mit weniger Schülern, aber mehr Erwachsenen besetzt.

Jedenfalls war eine solche Busfahrt viel zu unruhig und war es dort viel zu eng, um ein Buch aufzuschlagen und zu lesen. Selbst sein Vokabelheftchen noch mal eben aus der Tonne zu ziehen, wäre ein nahezu unmögliches Unterfangen gewesen. Und dass mir bei all dem Gedränge und hin und her Schaukeln übel werden könnte, habe ich glatt vergessen.

An unserem ersten Schultag in dem Gymnasium in Broich werden die Busse aber nicht gleich völlig überfüllt gewesen sein, denn vermutlich sind die Beginnzeiten insofern entzerrt worden, als die Schüler der Eingangsklassen, eventuell mit ihren Eltern oder Elternteilen, sich an dem Tag erst um neun oder zehn Uhr dort melden sollten.

Meine Schwester und ich fuhren gemeinsam mit unserer Mutter hin und außerdem hatten wir unsere Metallflöten und Notenhefte dabei, denn wir waren angemeldet, um an diesem ersten Tag den Anwesenden in der Aula ein Flötenstück vorzuspielen.

Alle diejenigen, die etwas entsprechendes vorhatten, hatten sich zuvor mit den Musiklehrern abzustimmen, und so kam es, dass eine von ihnen meine Schwester und mich bei unserer zuzeiten oft geübten leichten Spielmusik, der Sonatine No. 3 für Blockflöte in C von Walter Roehr, und zwar dem "*Allegro moderato*", auf dem Klavier begleitete.

Das ging zum Teil schief. Mitten im Stück verlor zuerst meine Schwester den Faden und dann ich, doch die Lehrerin spielte ihren Part weiter, und an einer gewissen Stelle in dem Stück setzten meine Schwester und ich gemeinsam wieder ein und spielten das Stück mit der Lehrerin zuende.

Über unseren Aussetzer haben die Zuhörer, wenn sie ihn denn bemerkt haben, natürlich hinweggesehen, aber mir war er durchaus peinlich, obwohl man uns vielleicht zugute halten konnte, dass die Musiklehrerin das Stück wohl kaum gekannt und die Klavierstimme auch deshalb nicht genauso gespielt hatte wie zuzeiten Herr Adolph in der Musikschule. Was mich jedoch aus dem Konzept gebracht hatte, war eigentlich, dass ich während des Spielens genau auf diesen Aspekt geachtet hatte, nämlich ob die Lehrerin wohl so spielte wie Herr Adolph, und das war freilich nicht meine Aufgabe und konnte nicht gutgehen.

Was dort in der Aula den neuen Schülern und den Eltern alles erzählt wurde, kann ich nicht mehr sagen. Deutlich war jedoch sowieso, dass sich die Schule noch im Bau befand, wovon unter anderem die Bretterzäune auf dem Gelände zeugten.

Mit uns Neuen hatte die Schule nun drei Klassenstufen zu unterrichten. Schüler einer zehnten Klasse, einer Untertertia, gab es dort noch nicht.

Erst im Nachhinein kann ich feststellen, dass in unserem ersten Jahr nur sieben der eigentlich vorgesehenen zehn Fächer auch tatsächlich unterrichtet wurden, nämlich Deutsch, Englisch, Mathematik, Musik, Kunst, Nadelarbeit und Leibesübungen, wobei ich davon ausgehe, dass die Jungen statt in Nadelarbeit in Werken unterrichtet wurden, aber das kann ich nicht mehr sagen und geht auch aus meinen Zeugnissen nicht hervor. Sicher ist aber, denke ich, dass man nicht die Wahl hatte zwischen den beiden Fächern, weil ich dann nämlich Werken gewählt hätte.

Drei Fächer wurden aus unterschiedlichen Gründen nicht erteilt, nämlich Religionslehre, Erdkunde und Biologie, wobei das Fach Erdkunde in meinen beiden Halbjahreszeugnissen versehen wurde mit einem Stempelaufdruck "kann noch nicht zensiert werden", was den Grund ja nicht nennt, und die beiden anderen Fächer jeweils mit einem Stempelaufdruck "nicht erteilt (Lehrermangel)".

Außerdem kamen, wie gesagt, meine Schwester und ich dort nicht in verschiedene, sondern in die gleiche Klasse. Warum, weiß ich nicht. Bei solchen Angelegenheiten besteht immer die Möglichkeit, dass wir befragt worden sind, und zwar von Seiten meiner Mutter, ob uns die getroffene Entscheidung etwas ausmachen würde, und damit wäre dann wohl gemeint gewesen, ob diese Entscheidung nach unserer Ansicht in irgendeiner Weise negativ beziehungsweise gar zu negativ ins Gewicht fallen könnte, und ich habe eine solche Frage immer direkt und glattweg verneint. Vermutlich deshalb, weil ich es nicht für angemessen hielt und nicht für meine Aufgabe, solche durch andere einmal getroffenen Entscheidungen anzufechten. Eventuell auch deshalb, weil mir die Frage nicht wichtig war. Wichtig war mir vielmehr, dass ich zur Schule gehen konnte.

Nach meiner Erinnerung hat es damals vom Land Nordrhein-Westfalen für jeden von uns einen Büchergutschein gegeben, und zwar über 50 Mark, und dabei weiß ich nicht, ob das für jeden Schüler unserer Klassenstufe der Fall war. Jedenfalls hat allein der Weltatlas, der auf der Bücherliste stand, 49 Mark gekostet, genausoviel wie die Metallflöte. Das heißt den Atlas bekamen wir praktisch vom Steuerzahler geschenkt, so dass meine Eltern für die anderen Bücher auf der Liste für jeden von uns noch einmal etwa 100 Mark auf den Tisch legen mussten, und das waren wohlgemerkt zwei Stapel exakt die gleichen Bücher.

Unsere Klasse, die 5g, zählte 46 Schülerinnen und Schüler. Obwohl ich die Reihenfolge der Benennung vielleicht umdrehen sollte, denn schließlich war die Schule ein "Städtisches Neusprachliches Gymnasium für Jungen und Mädchen". Allerdings war hier möglicherweise die alphabetische Reihenfolge gemeint.

Jedenfalls gab es jetzt Englischunterricht, und das war besonders, denn dieser Unterricht fand ganz auf Englisch statt. "*Good morning, children!*" Die Lehrerin war Engländerin, glaube ich. "*Sit down, please!*" Und wenn ich mich recht erinnere, waren hinten im Englischbuch die jeweiligen neuen Begriffe eines Kapitels nicht auf Deutsch, sondern auf Englisch erklärt.

So wäre zum Beispiel eine Melone "ein runder, steifer, schwarzer Hut mit schmalem, gebogenem Rand, den britische Geschäftsleute tragen". Nur eben alles auf Englisch, obwohl das Beispiel vom Niveau her vielleicht doch erst in das zweite Jahr gehört.

Ein solcher Begriff und seine Definition war dann jedenfalls handschriftlich in das Vokabelheft zu übernehmen und zu lernen. Auswendig zu lernen, muss man ja wohl sagen, und das bedeutete, dass man in dem Unterricht lernte, in ganzen Sätzen Englisch zu sprechen.

Vor dem Deutschlehrer hatte ich gehörigen Respekt, wenn nicht Angst. Meine Schwester und ich sind ein paar Mal erst kurz nach acht und damit verspätet zum Unterricht in der Schule gewesen, wahrscheinlich aus verkehrstechnischen Gründen. Ich kann mich erinnern, dass wir vor der Tür des Klassenzimmers gestanden haben, in dem der Deutschunterricht schon begonnen hatte, die Anwesenheit schon kontrolliert war, und aus Erfahrung wussten, dass der Lehrer sich regelmäßig über Störungen alles andere als begeistert zeigte. Trotzdem blieb mir dann nichts anderes übrig als die Initiative zu ergreifen und an die Tür zu klopfen, eine Reaktion abzuwarten, ein kurzes "Herein!", dann die Tür zu öffnen, einen guten Morgen zu wünschen, uns für das Zuspätkommen zu entschuldigen und den Grund dafür zu nennen. Der Lehrer würde dann seine Eintragung im Klassenbuch umändern müssen, und wir würden uns unsererseits bemühen, die Störung so kurz wie möglich zu halten, in dem Bemühen, den Anschluss an das versäumte Unterrichtsgeschehen herzustellen.

Dabei war der Deutschunterricht schwierig. Im grammatischen Teil wurden nicht mehr die deutschen Begriffe wie Tuwort oder Tätigkeitswort verwendet, sondern die lateinischen Begriffe, wie hier das Verb, und die Diktate waren regelmäßig so verzwickt, dass man zwanzig Fehler machen konnte.

Mittwochs morgens war Kirche. Wenn ich mich recht erinnere, bereits um Viertel nach sieben, in Broich oben. Die einen gingen in die evangelische, die anderen in die katholische Kirche.

Eine feine Sache war die Pausenbeschäftigung, die es an der Schule gab. Die Art und Weise davon hing mit der baulichen Beschaffenheit des Schulhofs zusammen, in dem es tiefergelegte Teilstücke gab, kaum vier mal sechs Meter groß, deren Längsseiten als dreistufige Treppen ausgeführt waren, mit einer Holzauflage als Sitzgelegenheit, und in denen sich an den kurzen Seiten, in etwas Abstand vom Rand, jeweils mittig eine niedrige, schmale Sitzbank ohne Lehne von etwa einem Meter Breite mit rechteckigen Metallfüßen befand. Kurz: geeignet als Fußballfeld mit als Sportgerät einem Tennisball, für zwei mal vier Spieler, ohne Torwart.

Und dabei flog der Tennisball eben nicht ständig in weite Ferne ins Aus, sondern konnte vielmehr über Bande und auch hinterm Tor entlang gespielt werden, was sehr interessante Spielkombinationen ermöglichte.

Nach meiner Erinnerung spielten dies Spiel nur Jungen, auch aus den beiden höheren Klassen, doch konnte ich mich profilieren, indem ich in den großen Pausen - die erste von fünf nach halb zehn bis fünf vor zehn, die zweite von halb zwölf bis Viertel vor zwölf - jeweils zeitig an Ort und Stelle war - wobei man im Schulgebäude natürlich nicht rennen durfte - und deutlich machte, dass ich zur Verfügung stand und dann entweder dem Spiel von oben aus zusah oder, in dem Fall, dass ich in eine der Mannschaften gewählt worden war, mich vor allem bemühte, auf meine Mitspieler einzugehen und mannschaftsdienlich zu spielen.

Sowieso gab es immer auch Zuschauer, manche Pausenbrote essend, und regelmäßig ergaben sich auch Möglichkeiten, einen Spieler abzulösen, der vor Beginn der nächsten Stunde noch etwas zu erledigen hatte, und eine solche nahm ich dann natürlich wahr.

Einen Tennisball hatte ich nicht. Wieviele es gab beziehungsweise wo sie aufbewahrt wurden, wusste ich nicht.

Auch einen Schiedsrichter gab es nicht, denn das Spiel wurde schlicht so geregelt, dass zwei der stärksten Spieler, die auf dem Platz über einen Ball verfügten, auch die Zusammenstellung der Mannschaften festlegten, und zwar nach der Tip Top-Methode, die mitunter auch im Sportunterricht Verwendung fand, wobei man sich in unbestimmtem Abstand gegenüber stellte und aufeinander zu bewegte durch abwechselnd den einen Fuß unmittelbar vor den anderen zu setzen und dabei "Tip", der andere "Top", sagend, bis der verbliebene Raum nicht mehr reichte und der eine dem anderen auf den Fuß treten musste und dieser sich somit seinen ersten Mitspieler aussuchen durfte, und das dann reihum.

Es war ein schnelles Spiel, denn die Abstände waren kurz, und dass es Zuschauer gab, war ganz wichtig, weil sie Tore bestätigen konnten.

Einmal nahm einer der Jungen den Ball einfach aus dem Spiel heraus und steckte ihn ein, ein anderer stand dabei. Ich sagte: "He! Gib den Ball wieder her!" Er sagte: "Welchen Ball?" Den konnte ich jedoch in seiner Hosentasche stecken sehen und sagte: "Du hast ihn doch!" Er sagte: "Wo soll ich den denn haben?" Ich: "In deiner Tasche, Mensch!"

Aber dann hat mir der Wortwechsel gereicht, und ich bin gegangen, meine ich.

Intermezzo

Wenn es draußen schon dunkel war und vor allem, wenn auch mein Vater anwesend war, setzten wir uns manchmal im Morgenzimmer um den Tisch und spielten zum Beispiel Memory. Davon besaßen wir eine ziemlich umfangreiche, gar nicht kindliche Version mit sehr unterschiedlichen Motiven.

Nach meiner Erinnerung hatten meine Eltern gegen meine Schwester und mich aber keine Chance zu gewinnen - vielleicht interessierte sie das Spiel auch nicht besonders -, und ich selbst musste mir Mühe geben, um gegen meine Schwester zu gewinnen.

Ein anderes Spiel aber bestand aus lauter Kärtchen mit nichts als Text darauf, wenn ich mich richtig erinnere, jeweils einer Frage, dazu eine Handvoll möglicher Antworten und auf der Rückseite die richtige Antwort, so dass ein eventueller Spielleiter, der die Schachtel mit den Kärtchen vor sich hat, den Mitspielern der Reihe nach Fragen und die möglichen Antworten vorlesen könnte, zum Beispiel: Wie heißt der höchste Berg der Alpen? a) Matterhorn, b) Zugspitze, c) Mont Blanc, d) Jungfrau, e) Säntis?

Ist die Antwort richtig, kann man sich einen Punkt gutschreiben beziehungsweise erhält man die Karte. Ist die Antwort falsch, ist der folgende Mitspieler gefragt und antwortet er richtig, bekommt er den Punkt oder die Karte, und so weiter.

In welchem Jahr fanden die Olympischen Sommerspiele in Antwerpen statt?

a) 1900, b) 1920, c) 1928, d) 1948, e) 1952?

Auf ebensolche Weise lässt sich natürlich auch nach dem Namen des ersten US-amerikanischen Präsidenten fragen, nach dem höchsten Gebäude der Welt oder dem Namen dessen, der das Gemälde *Guernica* malte.

Es kann allerdings auch sein, dass so ein Kärtchen vorrangig in eine Auswahl aller möglichen Wissensgebiete eingeteilt war, mit jeweils einer Frage dazu, und zwar, um bei dem genannten Beispiel zu bleiben: 1. Geographie, 2. Sport, 3. Politik, 4. Architektur und 5. Kunst, und dass man sich für eines dieser Wissensgebiete entscheiden musste, um dann die dazugehörige Frage auf dem Kärtchen gestellt zu bekommen und darauf eine freie Antwort zu geben.

Entschied man sich also für das Wissensgebiet Sport, würde einem in dem Beispiel Frage 2 gestellt, nämlich: In welchem Jahr fanden die Olympischen Sommerspiele in Antwerpen statt? Die Antwort dazu stünde auf der Rückseite der Karte als Antwort 2.

Andererseits ist es vielleicht nicht so wichtig oder war es nicht so wichtig, wie das Spiel tatsächlich ausgesehen hat oder ob es mehrere Varianten davon gab und welche davon lohnender war oder ob ein Spielleiter nötig war.

Lohnend daran war vor allem, denke ich, dass man lernen konnte, wie man eine Frage formuliert.

Denn wenn man Kind ist, in Mülheim, kommt man nach meiner Erfahrung nicht schnell auf die Idee, dass außer der eigenen Mutter niemand in der Gegend fragen würde: "Hast du es kalt?", und das schon deshalb nicht, weil die Mutter das auch über sich selbst sagt: "Ich hab's kalt."

Und wenn sie fragt: "Wo hast du deine Mütze getan?", dann fallen einem aus irgendeinem Grund, das ist meine Erfahrung, zunächst nur Antworten ein wie a) unterm *kraan*, b) am *lampion*, c) an der *bank*, d) hinterm *zurückspringenden* Haus, e) um die *redactie* oder so etwas, und da könnte man beinahe außer Fassung geraten, ist meine Erfahrung, denn ich habe sie doch gar nicht getan, höchstens irgendwo gelassen, und fraglich ist: Hat sie da jemand hingebracht? Der Hafen *in* Bagenkop ist doch voller *bunten Fischerbooten*!?

Transit

Meine Großmutter trug bei der Hausarbeit über ihrer sonstigen Kleidung, die normalerweise aus Rock und Bluse bestand, einfache, vorne geknöpfte, geblümte Kittel mit halblangen Ärmeln. Morgens streute sie in kleine Stücke geschnittene Käserinde für die Tauben aus dem Küchenfenster auf das Fensterbrett. Onkel Willi, der übrigens eigentlich aus Witten kam und dem Vater meiner Großmutter als sehr junger Mann in Obhut gegeben worden war und so zunächst ihr, dann meines Vaters und dessen Bruders und dann auch mein "Onkel Willi" wurde, trug weite Hosen und über einem Oberhemd eine Wolljacke zum Zuknöpfen. Er kümmerte sich um eine Amsel mit einem gebrochenen Flügel. Für mich rührte er in einer Schale essigsaure Tonerde an, zur Behandlung eines verstauchten Ellenbogens. Er montierte den Wolf an den Küchentisch, damit meine Großmutter damit Kartoffeln und Zwiebeln für Reibeplätzchen zerkleinern konnte. Bevor sie die Plätzchen briet, drückte sie mit Hilfe eines Küchentuchs einen Teil der Feuchtigkeit aus der Masse. Sie backte Weißbrot und Rodonkuchen mit Rosinen, den sie zum Auskühlen und anschließender Aufbewahrung in eine Schublade ihrer Kommode stellte. Den gab's dann, mit Puderzucker bestreut, zum Kaffee, zu warmer Milch. Seit er dabei auf einen Stein gebissen und sich einen Zahn abgebrochen hatte, aß Onkel Willi aber keinen Rosinenkuchen mehr. In der hausgemeinschaftlichen Waschküche im Keller feuerte er für meine Großmutter regelmäßig den Waschofen für die große Wäsche an, trug Bottiche, spannte Wäscheleinen quer durch den Garten, damit die Wäsche mit Hilfe einfacher, hölzerner Aufsteckklammern aufgehängt werden konnte. In einer aufwendigen Prozedur füllte meine Großmutter Einmachgläser mit geschälten und entkernten Birnen und Äpfeln aus dem Garten, mit Pflaumen, Brechbohnen und ich weiß nicht, womit sonst noch, und kochte diese in einem Einmachtopf, damit sie im

Keller in ein Regal gestellt und bei Bedarf hochgeholt werden konnten. An Sonntagen bereitete sie neben Braten, Kartoffeln und Soße manchmal dicke Bohnen zu, mit Speck, doch dann auch noch ein anderes Gemüse, weil nicht jeder dicke Bohnen mochte.

Das Haus meiner Großmutter war ein gastfreundliches Haus. Auch meine Großmutter aus Middelburg ist einige Male dort gewesen, unter anderem anlässlich meiner Geburt, aber auch später noch. Meine beiden Großmütter haben sich trotz vorhandener Sprachschwierigkeiten offenbar gut verstanden und konnten sich auch über Missverständnisse amüsieren, zum Beispiel darüber, dass die Niederländerin in einem Geschäft in Mülheim mal nach einem "*Tafelkleid*" gefragt hatte.

Jedenfalls kam ich beim Schwimmen gut voran. Das lag am Einzeltraining, das ich erhielt. Besonderen Spaß hat es mir aber nicht gemacht, denke ich, denn es war ziemlich eintönig. Ich hatte dabei eine Bahn für mich allein und jemand stand mit einer Stoppuhr vorn am Startblock. Von da aus schwamm ich, im Freistil, ruhig die Bahn hinunter bis zum anderen Ende. Dort wendete ich und schwamm so schnell ich konnte zurück zur Startseite. Dort wendete ich und schwamm ruhig die Bahn hinunter bis zum anderen Ende. Dort wendete ich und schwamm und schwamm, hin und zurück, bis das Training abgelaufen war, um warm zu duschen und anschließend mit meiner Schwester zur Leibnizstraße hinunter zu gehen, uns an Onkel Willis Bütterkes und Sprudel zu stärken und dann den Bus in Richtung Priestershof zu nehmen.

Aus irgendeinem Grund haben meine Schwester und ich damals nur einen einzigen Schwimmbeutel gehabt, obwohl ich dachte, dass wir mal alle beide einen hatten, und das war sicher besser. In dem Schwimmbeutel befanden sich zwei Schwimmanzüge, zwei Badekappen, zwei Handtücher, zwei Stück Seife in Plastikschachteln und ein Kamm. Das war's in etwa, würde ich sagen, und nach dem Schwimmen war alles klatschnass.

An eine feste Regelung diesbezüglich kann ich mich nicht erinnern, aber möglicherweise haben wir uns so geeinigt, dass meine Schwester den Beutel auf dem Hinweg trägt und ich ihn auf dem Rückweg. Das wäre vielleicht ungefähr reell gewesen. Andererseits ist es durchaus möglich, dass ich generell das Tragen des Beutels übernommen habe, der im übrigen wasserdicht und über der Schulter an zwei dünnen Bändchen zu tragen war.

Eines Abends nach dem Training, es war schon dunkel, war ich jedoch derart erschöpft, dass mir der Beutel nach 100 Metern Gehen so schwer vorkam wie ein Stein und ich ihn auf den Gehsteig stellte und zu meiner Schwester sagte: "Ich kann beinah' nicht mehr. Trag' du ihn jetzt." Meine Schwester sagte: "Nein". Ich sagte: "Echt, ich kann beinah' nicht mehr. Trag' du ihn." "Nein", wiederholte meine Schwester.

"Ich lass' ihn stehen", sagte ich und ging weiter die Straße hinunter. Meine Schwester folgte mir, ohne den Beutel. Ich blieb stehen und sah nach ihm. Er stand, ziemlich klein, zehn Meter entfernt auf dem Gehsteig, wo ich ihn hingestellt hatte. "Er steht noch da", sagte ich zu meiner Schwester, drehte mich um und ging weiter die Straße hinunter, und die Schwester folgte mir.

Als ich das nächste Mal stehenblieb und mich umdrehte, stand der Beutel nun schon 20 Meter entfernt immer noch an derselben Stelle. Doch drehte ich mich wieder um und ging weiter die Straße hinunter, und meine Schwester folgte mir.

Ich ging ein ganzes Stück und dann blieb ich stehen und sah nach dem Beutel, der nun schon 50 Meter entfernt immer noch an derselben Stelle stand.

Meine Schwester war mir gefolgt und stand gleich neben mir. Und da war mir etwas übel und vielleicht fühlte ich mich ein bisschen wie nur ganz selten einmal morgens an der Tür zum Klassenzimmer, wenn wir uns zum Deutschunterricht ein paar Minuten verspätet hatten, doch ging ich zurück, griff nach dem Beutel und nahm ihn mit.

Dass ich beim Schwimmen gut voran kam, stellte ich bei dem ersten und einzigen Wettbewerb fest, an dem ich je teilgenommen habe, und das war in Recklinghausen, wo Schwimmer aus soundsoviel Vereinen in einer älteren Halle in ihrem Badezeug - zum Teil die Kappe dabei - auf der Tribüne neben dem Becken auf ihrem Handtuch sitzend auf ihren Einsatz warteten, der über Lautsprecher bekanntgegeben wurde. Erst die Disziplin, die zu schwimmen war, und dann die Verteilung der Bahnen unter den einzelnen Vereinen, so dass man von dem zuständigen Trainer zum Beispiel gesagt bekam: "Du schwimmst jetzt gleich die 50 Meter Kraul auf Bahn fünf!" Und dann musste man sich schon mal abduschen und sich am Startblock einfinden, kniend mit der Hand Wasser aus dem Becken schöpfen und sich damit benetzen, die Badekappe nassmachen, sie aufsetzen und sich auf den Startblock stellen.

Und dann lief die Startprozedur ab, und nach dem Pfiff sprang man ins Wasser und schwamm was das Zeug hielt. Was mich betrifft, hatte ich zuvor monatelang auf den 50 Meter Kraul immer dieselbe Zeit geschwommen, nie auch nur eine Zehntelsekunde schneller. Und genau die Zeit schwamm ich auch in Recklinghausen, das änderte sich dort also auch nicht, und das war in meiner Altersklasse der dritte Platz, wofür ich eine namentliche Urkunde mit der Zeit darauf erhielt.

Woran ich aber feststellte, dass ich gut voran kam, war wegen einer Disziplin, für die ich gar nicht eingeteilt gewesen war, sondern mit der ich hatte einspringen müssen, die ich genaugenommen in meinem ganzen Leben noch nicht geschwommen war, und das war zwar Kraul, wie ehedem, jedoch der doppelte Abstand.

Und auch hier schwamm ich natürlich was das Zeug hielt, und dabei kam heraus, dass ich genau die doppelte Zeit geschwommen hatte, die ich sonst auf der halben Strecke schwamm, und das war in meiner Altersklasse in diesem Fall der zweite Platz, wofür ich eine namentliche Urkunde mit der Zeit darauf erhielt.

Zusammen mit Mareike, die am Priestershof eingezogen und irgendwann mitten im Schuljahr - obwohl mehr als ein Jahr älter als ich - in unsere Klasse in Broich gekommen war, machten meine Schwester und ich in der Freibadsaison einmal einen Ausflug nach Essen ins Grugabad. Vielleicht war ihr Bruder auch dabei und sicher entweder ihre Mutter oder ihr Vater.

Ich denke, wir sind dort mit dem Auto hingefahren, denn beide Eltern fuhren einen VW-Käfer, einer grau, der andere noch grauer, einer älter als der andere und sogar mit geteiltem Heckfenster, beide mit Essener Kennzeichen. Mareikes Mutter brachte uns mit letzterem mal zu dritt oder viert zur Schule und mahnte uns beim Einsteigen, uns in dem Auto vorsichtig zu bewegen, denn im Bodenblech unter der Fußmatte des Beifahrersitzes klaffte ein großes Loch mit einem rostigen Rand, unter dem ich den Priestershof vorbeigleiten sah.

Jedenfalls waren wir zusammen in diesem sehr großen Freibad, wo man sich hätte verlaufen können. Es waren an dem Tag auch viele Leute da. Sehr besonders an dem Bad war das Wellenbecken, in dem in Intervallen von vielleicht 15 Minuten nach einem Warnsignal jeweils für einige Minuten die Wellen eingeschaltet wurden, und die waren ziemlich hoch und kamen ziemlich schnell hintereinander. Das Becken hatte einen ansteigenden Boden, auf dem sie auslaufen konnten, von wo aus man in sie hineinspringen oder auf den man sich von ihnen werfen lassen konnte.

Übrigens trug ich dort einen völlig anderen Schwimmanzug als beim Training, nämlich meinen Zweitanzug, einen dickeren blaugelben zum Baden, doch im Wasser selbstverständlich ebenfalls eine Badekappe.

Auch besonders war das Sprungbecken mit einem großen Sprungturm vor allem mit Plattformen auf fünf, siebeneinhalb und zehn Meter Höhe. Vom Zehnmeterbrett zu springen habe ich mich aber nicht getraut und bin da wieder herunter, dafür bin ich mindestens einmal aus siebeneinhalb Metern ins Becken gesprungen, was auch schon gruselig ist.

Mareikes Eltern waren wohl beide Lehrer. In ihrem Haus bin ich öfter gewesen und meine Schwester auch. Sie hatten dort im Wohnzimmer ein Cembalo, Mareikes Bruder spielte Cello, und so haben wir - mit welchen Instrumenten weiß ich nicht mehr genau - ab und zu Hausmusik gemacht. Es war dort recht wunderlich, weil es eine Doppelhaushälfte mit drei Etagen war, die Kinder hatten eigene Zimmer und ganz oben hing in einem Gang eine große topographische Schulwandkarte, auf der ganz Deutschland abgebildet war, es gab dort ein Arbeitszimmer und eines, in dem ein Fernseher stand. Guido und Mareike durften von ihren Eltern her aber nur ausgewählte Sendungen gucken und mussten darüber anschließend Berichte schreiben. Sie hatten auch einen Wochenplan in der Küche hängen, auf dem stand, wer an welchen Tagen zu welchen Hausarbeiten, Arbeiten im Haushalt, eingeteilt war. Die mussten dann gemacht und auch abgezeichnet werden. Außerdem gab es in dem Haus ein schwarzweißes Meerschweinchen, das auch in den Garten gelassen wurde.

Eines Tages hat Mareikes Vater mit Mareike, meiner Schwester, meiner Mutter und mir mit einem der VW's eine Fahrt nach Holland, in die Heide, die *Hoge Veluwe*, vermutlich den Nationalpark dort, unternommen, wo wir Fahrräder gemietet und eine Tour gemacht haben. Und das war natürlich sehr besonders.

Im Winter haben wir einmal in gleicher Besetzung eine Fahrt ins Sauerland, nach Winterberg, gemacht, uns dort die Ruhrquelle angesehen, meine ich, und uns Skier geliehen und darauf auf einem breiten Hang ein bisschen geübt. Dort habe ich meine Mutter überredet, mir Geld für so eine Skibrille zu geben, die ich interessant fand. Aber unabhängig davon war auch dieser Ausflug besonders, denn mit Dannis oder Volkers Eltern etwa haben wir so etwas nie gemacht. Obwohl wir zum Beispiel bei Danni zu Hause mit meiner Mutter zusammen mal von Dannis Vater einen Film vorgeführt bekommen haben, einen Stummfilm, der vor allem Dannis kleinen Bruder zeigte, und zwar im Sommer in einem Bergdorf auf Elba.

Mit Volker zusammen, bei seinem Onkel E-E im Haus neben-an, sollte ich mich mal hinsetzen und Pannas probieren, der grau, kalt und in Scheiben geschnitten war, aber ich mag ja so etwas. An seinem Geburtstag hat seine Mutter dort mal einen großen Wackelpudding für uns gemacht, einen Turm aus verschiedenfarbigen Etagen, den wir dann mit Vanillesoße gegessen haben. Und bei ihm zu Hause, gegenüber, haben sie auf ihrer Terrasse mal ein rundes, gelbes Planschbecken mit Wasser gefüllt, in dem wir dann zu viert gesessen haben. Aber da waren weiter keine Erwachsenen bei.

Zu fünft und zu Fuß machten wir als Familie den einen oder anderen Besuch bei Freunden, ehemaligen Schulkameraden beziehungsweise Bekannten meines Vaters, einer Fotografin, zum Beispiel, die in derselben Parallelstraße wohnte wie Volker, mit der zusammen mein Vater offenbar mal ein Buchprojekt gemacht hatte und die etwa 1960 mal ein feines Foto von meinen Eltern mit meiner Schwester und mir ge-macht hat, als wir noch in der Leibnizstraße wohnten. Später haben wir diese Fotografin auch noch ein paar Mal besucht, die eine Tochter hatte, die schon außer Haus war, und einen Sohn, älter als ich, der aber etwas verrückt war und in seinem Zimmer einen Chemiebaukasten hatte, mit dem er es das eine Mal so weit gebracht hat - zum Glück war ich gerade unten, vor ihrem Haus - dass irgendetwas mit einem lauten Knall explodiert ist.

Zu den Kontakten meines Vaters aus seiner Schulzeit im Gymnasium - zeitweise Langemarck-Schule geheißen - zum Teil in Kriegszeiten, dabei auch in der sogenannten Kinder-landverschickung, gehörte auch jemand, den meine Eltern zum Patenonkel meiner jüngsten Schwester gemacht haben, der ebenfalls Redakteur war und mit Frau und drei Kindern in Mülheim-Heimaterde wohnte, in einem Haus mit Garten, wo es angenehm friedlich war. Ich kann mich erinnern, dass sie Johannisbeeren hatten und dass der Weg dorthin ein schöner Spazierweg war.

Ein anderer ehemaliger Klassenkamerad meines Vaters wiederum wohnte in einem aus meiner Sicht uninteressanten Neubaugebiet, wobei der Weg dorthin ebenfalls eher eintönig war und zwischen Feldern hindurchführte, an denen keine Bäume standen.

Ein Bekannter meines Vaters, den wir mal besuchten, war Zeichner und vielleicht auch Arbeitskollege, der in einem Raum unter schrägen Dachfenstern einen langen Tisch stehen hatte mit lauter Stiften und Pinseln und anderen Utensilien quasi aus dem Mal- und Bastelbereich.

Und auch in dem damals sogenannten Opa sein klein' Häuschen, einem etwas verwinkelten Fachwerkhaus im Rumbachtal unten, das einmal einem Großonkel meines Vaters gehört hatte, bin ich im Rahmen eines Spaziergangs mal gewesen. Zu der Zeit wurde es aber von einem Pastor bewohnt, meine ich, mit dem mein Vater am Stubentisch Erinnerungen ausgetauscht hat.

In unserer Wohnung am Priestershof hatten wir nur selten Besuch. Es war dort eigentlich auch derart beengt, dass man gerade noch einen Kindergeburtstag organisieren konnte, mit einer Handvoll Kindern als Gäste, die meine Mutter dann im Morgenzimmer am großen und am kleinen Tisch Kuchen essen ließ, zwischen Küche und Morgenzimmer topfschlagen, anschließend alle wieder im Morgenzimmer sich versammeln, um ein Gedächtnisspiel zu spielen, bei dem sie mit einem Tablett ins Zimmer kam, auf dem sich - zunächst mit einem Tuch abgedeckt - eine Anzahl Alltagsgegenstände befanden, die dann ein Weilchen betrachtet werden konnten, zum Teil nach Klärung eines zugehörigen Begriffs, um dann - wenn möglich vollständig - durch jeden einzelnen handschriftlich aufgelistet zu werden. Und auch "Stadt-Land-Fluss" wurde in dem Rahmen gespielt, wo nach dem Zufallsprinzip Anfangsbuchstaben ausgewählt wurden und man davon ausgehend innerhalb einer bestimmten Zeit eine Tabelle mit einer Reihe Namen und Begriffe aus bestimmten Lebensbereichen füllen sollte. Selbst Eierlaufen haben wir gemacht, jedoch nicht mit Eiern, und abschließend gab es Nudelsalat.

Das letzte Mal, dass wir auf eine solche Art den Geburtstag meiner Schwester und von mir gefeiert haben, war 1967, denke ich, und da hatte meine Mutter unter anderem in der Küche ein Tau gespannt mit süßen Brezeln daran, nach denen man mit dem Mund schnappen sollte, "*happen*" nannte sie das. Ich habe mir dabei an der schrägen Decke dummerweise recht schmerzhaft den Kopf gestoßen und hatte dann keinen Spaß mehr daran.

Im Jahr danach, als Danni noch dabei war, haben wir bei uns zu Hause nur den Geburtstagskuchen gegessen, den meine Schwester und ich uns jeweils wünschen durften, und das war dann entweder ein Zitronenkuchen oder ein Mandelkuchen vom Backblech und dazu immer noch eine sogenannte Kalte Schnauze, ein Schokoladenkuchen, den man nicht backen musste, sondern für den Kokosfett erwärmt, mit Kakao, Zucker, Ei und vielleicht Rumaroma vermischt und dann schichtweise mit Butterkeksen in eine Form gegeben wurde, die nach dem Abkühlen noch in den Kühlschrank kam, um richtig fest zu werden.

Nach dem Kuchenessen sind wir dann zusammen ins Rumbachtal und haben unten bei Bauer Bertram Minigolf gespielt. Ich glaube, da hat es an diesem 5. Mai nachmittags sogar noch ein bisschen geschneit.

Mareike, zum Beispiel, ist in der Wohnung am Priestershof nie gewesen. Selbst meine Großmutter und Onkel Willi nicht. Stattdessen haben meine Schwester und ich mal Volker in die Leibnizstraße mitgenommen, meine Großmutter hat damals im Garten ein Foto von uns gemacht. In Gummistiefeln, so waren wir da spontan mal hingewandert. Dabei lebte ich eher in der Vorstellung, dass Leibnizstraße und Priestershof getrennte Welten waren und nicht miteinander vereinbar.

Selbst mein Onkel und Bruder meines Vaters und meine Tante waren kaum öfter als einmal da, schätze ich, und das auch nur, weil mein Onkel meiner Schwester und mir eine elektrische Eisenbahn schenken und die im Kinderzimmer auch gleich aufbauen wollte. Das war grandios, obwohl man außerhalb des Ovals kaum selbst noch Platz hatte.

In der Innenstadt gab es auch ein Geschäft, in dem man zu der Eisenbahn Teile hinzukaufen konnte, wie Waggons oder zu dem kleinen Bahnhof vom Onkel noch ein Häuschen, zum Zusammenkleben, eine elektrische Laterne, die man mit anschließen konnte, oder einen Bahnübergang mit Schranken, die sich beim Passieren des Zugs schlossen, oder eine Weiche und noch ein paar Schienen und einen Prellbock.

Ergänzen konnte man so eine Landschaft mit den kleinen Autos, die wir auch im Sandkasten hatten, und mit Bauwerken aus Legosteinen, mit denen meine Schwester und ich dort auf dem Boden sowieso viel gespielt haben.

Der Onkel versorgte uns übrigens von einem bestimmten Moment an berufsbedingt auch mit Stapeln perforiertem Endloscomputerpapier, das auf der einen - der weißhellgrün gestreiften - Seite zwar bedruckt, auf der anderen Seite aber leer war, so dass insofern an Papier kein Mangel mehr bestand.

Mit meiner Tante zusammen, die er im Zusammenhang mit seinem Studium kennengelernt und in Braunschweig geheiratet hatte, wobei auch unsere Seite der Familie anwesend gewesen war, wohnte er nunmehr in Mülheim und hatte seit Anfang 1966 einen kleinen Sohn, mit dem die beiden regelmäßig in der Leibnizstraße zu Besuch waren, so dass wir sie öfter dort antrafen. Und dann waren wir dort mit zehn

Personen, was aber, meine ich, weiter kein Problem dar-
stellte.

Die Tante fuhr Auto, und zwar einen hellblauen Karmann
Ghia mit Braunschweiger Kennzeichen, kein Kabrio, aber sie
hatte am Rückspiegel ein sehr lustiges, buntes Till Eulenspie-
gel-Püppchen aus Filz hängen. Mit diesem Auto sind meine
Eltern mit der Tante und dem Onkel Mitte der sechziger Jahre
mal über Helmstedt nach Berlin gefahren, in den Westteil
versteht sich, aber leider kann ich darüber nichts weiter
berichten, außer dass es für die vier Erwachsenen in dem
Auto ziemlich beengt gewesen sein soll, was sich denken
lässt.

Seit wir in Broich zur Schule gingen und Danni sowieso nicht
mehr da war, sondern vor allem die sogenannten Ulligen -
das heißt Vorschulkinder im Alter meiner jüngsten Schwester,
wie die Brüder Prosper und Magnus, die in Dannis Wohnung
eingezogen waren, der eine meist per Kettcar unterwegs, ein
paar niederländische Kinder, die unten wohnten, Annelie mit
der roten Lederhose aus dem Gang neben Thölke und Franki
aus dem ersten Haus hinter der Kinderstraße, um mal einige
zu nennen, die die Gegend um das Haus am Priestershof
herum bevölkerten - seitdem haben meine Schwester und ich
öfter auch mitten in der Woche, zum Beispiel nach dem
Schwimmen, in der Leibnizstraße übernachtet.

Unter Umständen schliefen wir dann in dem Durchgangszimmer in dem Bett mit den seitlichen Bettkästen für die
Bettwäsche, das der Bruder meines Vaters dort eingestellt
hatte, das aber ziemlich schmal war, oder auch im Wohnzimmer auf dem Sofa, das man herunterklappen konnte, jedoch
meist in dem anderen großen Zimmer mit Fenstern zum
Garten im breiten Bett meiner Großmutter unter dem Porträt
meines Großvaters, dem Ingenieur in Wehrmachtsuniform,
ohne Mütze, und dann schlief meine Großmutter auf dem
Sofa, manchmal hinter den beiden Schiebetüren monoton

schnarchend, und Onkel Willi schlief natürlich in seinem Zimmer.

Am nächsten Morgen fuhren wir dann von der Kalkstraße aus mit der Straßenbahn Richtung Innenstadt und Schule, weil diese dann weniger voll war als der Bus unten am Dickswall.

Mein Vater hat innerhalb relativ kurzer Zeit, wenn ich das richtig in Erinnerung habe, einige Reisen gemacht und darüber wahrscheinlich auch in der Zeitung berichtet, und zwar nach Nigeria, Marokko und Indien. Für mich war das vor allem wegen der Briefmarken interessant, mit denen er Karten beziehungsweise Briefe an uns verschickt hat. Ich hatte nämlich ein dunkelgrünes Briefmarkenalbum im A4-Format, dazu eine Pinzette, meine Schwester hatte ein dunkelblaues.

Da hinein steckten wir jeweils auch die schönen, bunten Briefmarken aus den Niederlanden, die auf einzelne Postsendungen geklebt worden waren, zum Beispiel auf die mit Packpapier und Paketband umwickelten Ausgaben eines bestimmten niederländischen Wochenmagazins, die meine Großmutter in Middelburg jeden Monat an meine Mutter schickte, vielleicht auch auf die Verpackung der überregionalen politischen Wochenzeitung aus Amsterdam, die meine Mutter eine Zeitlang bezog, und allerlei andere Brief- und Wertmarken, auch aus der Anrichte in der Leibnizstraße, in der meine Großmutter unter anderem alte Briefe aufbewahrte, Marken vom Deutschen Reich dabei, und ein paarmal kaufte ich dafür auch so ein abgepacktes gestempeltes Sortiment.

Von diesen Reisen hat mein Vater meiner Schwester und mir jeweils eine schmale marokkanische Umhängetasche aus besticktem Leder mitgebracht und aus Indien jeweils ein Schmuckkästchen, eines aus weißem Marmor, würde ich sagen, mit einem losen Deckel aus demselben, jedoch mit bunten Intarsien verzierten Material, und eines aus schwarzem Metall, mit einem Klappdeckel aus eben diesem, aber mit geometrischen silbernen Ornamenten verzierten Material.

Als er dort in Indien war, habe ich meinen Vater einmal in einem Filmbericht in den Nachrichten gesehen, denn spätestens seit der Mondlandung hatten auch wir am Priestershof einen Fernsehapparat, und zwar als er, offenbar am Rande eines Kongresses, mit einem Löffel Pudding aß, wie ich meinte. Aber als ich deswegen vom Morgenzimmer aus nach meiner Mutter rief, ließ diese sich viel zu viel Zeit, um aus der Küche heranzukommen, so dass der Beitrag abgelaufen war und meine Behauptung fragwürdig blieb.

Der Spielplatz am Jugendheim gewann an Anziehungskraft, wo er früher doch meist verlassen dagelegen hatte. Ich mochte ihn jedoch nicht besonders, vielleicht, weil dort weder Baum noch Strauch standen und ich mir vorkam wie auf dem Präsentierteller. Und an so einem Turnreck, wie es dort stand, würde ich mich vielleicht mal auf die Querstange setzen und dort ein Weilchen sitzenbleiben, wie auf der Teppichstange bei uns hinterm Hof, oder mich daran ein Weilchen im Stütz halten, aber Knieumschwung um Knieumschwung um Knieumschwung zu machen, was andere mit Vergnügen taten, oder sich auch kopfüber an die Reckstange zu hängen und hin und her zu schaukeln, so dass manchen ihr Röckchen bis auf die Schultern hing, fand ich ziemlich affig und schmerzte mich außerdem in den Kniekehlen.

Stattdessen saß ich lieber einfach nur irgendwo herum, am Hang über dem Rumbach, zum Beispiel, wo ein Pferdchen stand, dem ich stundenlang beim Grasen zusehen konnte.

Ich hätte mich vielleicht auch gerne ein wenig mit Malte angefreundet, der in einem der bungalowähnlichen Häuser weiter unten am Priestershof wohnte. Der war jedoch scheinbar nie da.

Ich habe mich dann aber ein wenig mit Elfi angefreundet, die am Priestershof unterhalb der kleinen Schule auf einem Eckgrundstück wohnte. Sie war älter als ich, trug ihre Haare lang, darüber ein altmodisches Kopftuch. Irgendwo anders als in diesem etwas erhöht liegenden, schattigen Garten hatte ich sie noch nie gesehen. In den Ecken dieses Gartens brach sie Rhabarberstängel mit großen Blättern aus breiten Stauden und schnitt die Blätter auch gleich davon ab. Als sie bemerkte, dass ich ihr dabei von der Straße aus zusah, winkte sie mich herein, und so blieb ich dort eine Zeitlang und probierte auch von dem Rhabarber, für den sie aus dem Haus ein Schälchen mit Zucker und Zimt herbeiholte.

Gegenüber unserem Haus befand sich zwischen der Straße Priestershof und der parallel dazu gelegenen Bergarbeitersiedlung jahrelang dies Stück Brachland, eine große Freifläche, die nicht gepflegt wurde, wo der Boden uneben war, mit langem Gras bewachsen, Pflanzen wie Sauerampfer ziemlich hoch standen und wo auch Müll lag, wie Blechdosen. Zum Beispiel jene Spielzeugpistole mit dem langen Lauf hatte ich dort gefunden. Dann aber wurde auf einem Teil dieser Freifläche, vorne an der Straße, ein Haus gebaut, ein Einfamilienhaus einschließlich Keller, und das habe ich ein bisschen verfolgt.

Eines Tages bin ich mit Volker in dem Rohbau gewesen, in dem noch keine Fenster waren, um ihn mir anzusehen. Das war wohl auch nicht schwierig, denn die Baustelle war eher ungesichert, im wesentlichen mit nichts weiter als den üblichen Schildern. Der Bau war leer. Durch die Türöffnungen konnte man von Raum zu Raum gehen, über eine Betontreppe ohne Geländer in den Keller hinunter. Alles war weiß. In einem der Kellerräume gab es eine ziemlich hochliegende Fensteröffnung, und mitten in diesem Raum lag ein Betonstein. Auf den stellte ich mich. Und da kam auch schon Volker um die Ecke und warf etwas aus dem Lauf und von einem Schrei begleitet in meine Richtung, und das war eine dicke, gerade, mindestens ein Meter lange Stange, ein Stück gerippter Stabstahl, und traf mich mitten auf die Stirn. Und schon lief da Blut heraus.

Ich habe mir den Unterarm vor die Stirn gehalten und bin die Treppe hinauf, aus dem Haus heraus, und da tropfte das Blut auf den Priestershof.

Volker ist zu unserem Haus gerannt, hat bei uns geklingelt, ist zu meiner Mutter hoch und hat ihr irgendetwas erzählt. Ich bin wohl langsam hinterher, lauter Blutstropfen hinterlassend.

Ich kann mich nicht mehr gut erinnern, jedenfalls hat mir meine Mutter wohl auch ins Bett geholfen, aber wo es schon dunkel war, wurde mir übel und ich musste mich plötzlich, aus dem Bett heraus, auf den Teppich übergeben.

Und da ist meine Mutter also wieder mal mit mir zum Krankenhaus, per Taxi. Und als ich vor dem Doktor stand, und der mir das Pflaster, das meine Mutter mir offenbar aufgeklebt hatte, von der Stirn zog, spritzte da schon wieder das Blut heraus und weil ich mich vorbeugte, um es nicht auf meine Kleidung laufen zu lassen, fiel es in dicken Tropfen auf den Boden. Und dafür entschuldigte ich mich. Was nicht nötig sei, sagte der Doktor. Er klebte mir schließlich selbst ein Pflaster auf, damit die Wunde zusammenwachse. Daran, wie es damit dann weiterging, kann ich mich eigentlich nicht erinnern. Ich kann nur sagen, dass auf meinen Halbjahreszeugnissen immer nur eine recht geringe Zahl versäumter Stunden vermerkt ist, nicht mehr als 18, und das wären etwa vier Tage.

Als ich noch ziemlich klein war, hatte ich einen Traum, der jahrzehntelang der einzige war, an den ich mich erinnern konnte, einen Angsttraum, in dem ich von einem Wolf verfolgt wurde und dabei den kleinen Fußweg zwischen der von-Bock-Straße und der Leibnizstraße entlangrannte, dann aber Onkel Willi an seinem geöffneten Fenster stehen sah, der mir die Hand herunterreichte, so dass ich auf den Absatz unter dem Fenster steigen und er mich auf die Fensterbank und ins Zimmer ziehen konnte.

Hilflos fühlte ich mich aber, wenn er so etwas offensichtlich nicht konnte, wenn er in seinem beinahe völlig abgedunkelten Zimmer in seinem Bett lag, meine Mutter danebenstehend, wo unter seiner Bettdecke ein dünner Plastikschlauch hervorkam, der zu einem Behälter auf dem Boden führte, der sich nach und nach mit einer undefinierbaren Flüssigkeit füllte.

Hilflos fühlte ich mich auch, wenn meine Großmutter alles vergaß. Wenn sie das Lachen vergaß, was sie doch eigentlich gerne tat, wenn sie das Reden vergaß und den Faden nicht wiederfand, wenn sie uns alle vergaß, selbst ihr Lieblingslied, das sie doch eigentlich gerne anstimmte, parlando, in einem fremdartig klingenden Englisch: *My grandfather's clock was too large for the shelf, so it stood ninety years on the floor*, der Refrain dann von ihr mit nur wenigen Akkorden am Klavier begleitet: *...tick, tock, tick, tock. It stopped short never to go again when the old man died...*

Im Sommer 1969 fuhren wir, diesmal zu fünft, ein weiteres Mal in die Schweiz, in die Alpen, an den großen Bergsee, in das Dorf. Wieder mit dem Zug, diesmal mit Zwischenstation in München, bei Danni und Familie. Dieser Besuch sagte mir aber nicht viel.

Mit meinem Onkel, der Tante und dem Cousin zusammen wohnte in den Ferien in dem Chalet ein amerikanischer Austauschschüler mit Namen Clint. Mein Cousin hatte diesmal ein gelbes Schlauchboot zur Verfügung, mit dem er sehr eigen war.

Ich war in die sogenannte Quinta versetzt worden, ins sechste Schuljahr, obwohl ich mit meinem Zeugnis nicht zufrieden sein konnte, weil ich in Deutsch und Mathematik über eine Vier nicht hinausgekommen war. Die drei Fächer, die eigentlich bereits in der Sexta hätten erteilt werden sollen, was aber nicht geschehen war, wurden in der Quinta nun wohl erteilt. Dafür Geschichte nicht, das als elftes Fach neu hätte hinzukommen müssen, und als Grund dafür wurde Lehrermangel angegeben.

Ob es in diesem Jahr war, weiß ich nicht mehr genau, jedenfalls war es an seinem Geburtstag, am Hubertustag, als Onkel Willi neben den üblichen Rauchwaren von uns noch ein weiteres Geschenk bekam, das meine Mutter sich ausgedacht hatte, nämlich ein Blätterbild, wofür wir Herbstlaub gesammelt, zwischen Buchseiten getrocknet und künstlerisch angeordnet auf Fotokarton geklebt hatten, einen großen Bogen im A0-Format, und zwar derart, dass sich ein Bild ergab, das in der Mitte Onkel Willi zeigte, plus Pfeife und einer Feder am Hut, der - jeweils deutlich kleiner als er - meine Schwester an der einen Hand hielt und mich an der anderen. Dies Blätterbild wurde im Wohnzimmer neben der Tür aufgehängt, so dass Onkel Willi es von seinem Sessel aus stets betrachten konnte.

Onkel Willi trug übrigens tatsächlich eine Feder an seinem Hut, kann ich mich erinnern, und zwar so eine kleine hellblaue von einem Eichelhäher. Und wenn ich in den alten Alben meiner Großmutter nach Fotos suche, auf denen er mit abgebildet ist, so sind das nicht viele, aber ab und zu ist doch eines dabei, und was mir daran dann auffällt, ist seine ausgesprochene Präsenz.

Von meiner Großmutter, meine ich, bekam ich ein Fotobuch, zu welcher Gelegenheit, weiß ich aber nicht mehr. Es war quadratisch, vielleicht 12 mal 12 cm groß und enthielt sehr viele Farbfotos, jeweils mit kurzen Untertiteln, wenn nötig in mehreren Sprachen, neben Deutsch in Englisch und Französisch.

Das Fotobuch enthielt lauter Bilder von Sehenswürdigkeiten in Berlin, im Westteil der Stadt, und ich bekam es deswegen, weil Berlin doch das Ziel wäre.

YOU ARE LEAVING THE AMERICAN SECTOR
ВЫ ВЫЕЗЖАЕТЕ ИЗ АМЕРИКАНСКОГО СЕКТОРА
VOUS SORTEZ DU SECTEUR AMERICAIN
SIE VERLASSEN DEN AMERIKANISCHEN SEKTOR
U.S. ARMY

Ich habe das Buch in der Leibnizstraße liegen gehabt und immer wieder darin geblättert. Ich kann mich jedoch nicht daran erinnern, dass meine Eltern mir oder uns Kindern oder wem auch immer in meinem Beisein eröffnet hätten, dass wir umziehen, dass wir nach Berlin umziehen.

Bei mir ist das langsam durchgesickert. Dass der Zeitpunkt noch nicht feststünde, ist bei mir ebenfalls langsam durchgesickert, aber seitdem saß ich sozusagen auf dem Schleudersitz, der mich offenbar früher oder später aus Mülheim herauskatapultieren sollte.

Ich kann mich an eine Situation wegen des neu hinzugekommenen Erdkundeunterrichts erinnern, als wir nach dem Beginn der Schulstunde noch immer mit zwei ganzen Klassen und daher einem riesigen Haufen Schüler - über neunzig - in dem uns zugewiesenen Gebäudetrakt auf unseren neuen Erdkundelehrer warteten, der schließlich auch erschien und uns anwies, dass die beiden Klassen jeweils zwei verschiedene, beieinanderliegende Klassenräume belegen sollten, und dann den Unterricht parallel durchführte.

In der Situation habe ich ein paarmal den Unterricht geschwänzt.

Auch habe ich mich im Kunstunterricht nicht wohl gefühlt, kann ich mich erinnern, weil ich mir für eine Arbeit, mit der ich mir Mühe gegeben habe, eine Fünf eingehandelt habe.

Auch in dem Rahmen habe ich mal den Unterricht geschwänzt und mich auf einem menschenleeren Schulgelände herumgedrückt, was mir aber insgesamt keinen Spaß gemacht hat. Übrigens weiß ich noch ganz genau, dass sich während dieser Zeit auch Schüler dieser Schule an gewissen Unruhen beziehungsweise Protesten beteiligt haben und dem Unterricht ferngeblieben sind, und wer meinen will, das wäre nur sporadisch und vereinzelt geschehen, sollte sich vergegenwärtigen, dass diese Schüler in den drei, später vier Klassenstufen dort vermutlich nicht älter waren als 14 Jahre.

Dass meine Eltern Ernst machten, blieb mir nicht verborgen, denn am Priestershof geriet der ganze Bücherschrank durcheinander, offenbar wurden Bücher sortiert und Bücher aussortiert, überall standen ganze Stapel davon. Gleichzeitig fertigten meine Eltern eine Liste an, und ich würde mich nicht wundern, wenn sie alphabetisch gewesen wäre, und zwar in sechsfacher Ausführung, was nämlich eine Bedingung war und zur Folge hatte, dass jede Seite dieser Liste zweimal geschrieben werden musste, weil alle sechs Blätter Schreibmaschinenpapier inklusive der notwendigen fünf Blätter Kohlepapier mit der Schreibmaschine meines Vaters nicht auf einmal zu verarbeiten waren und darum aufgeteilt werden mussten in zweimal drei plus zwei.

Dabei bestand die Liste natürlich aus mehreren Spalten, ich würde sagen neben laufenden Nummern für die verschiedenen Kartons laufende Nummern für die verschiedenen Bücher, dazu der Nachname des Autors, dessen Vorname, dann der Titel des Buches und der Verlag. Dies mindestens.

Insgesamt handelte es sich nach meiner Erinnerung um etwa viertausend Bücher, und ausgehend davon, dass auf einer Seite davon, im A4-Format, 40 Titel Platz hatten - was großzügig bemessen ist - hatte die Liste schließlich einen Umfang von hundert Seiten.

Des weiteren saß mein Vater zeitweise an seinem Schreibtisch im Abendzimmer vor einem dicken Heft im Zusammenhang mit der *theoretischen Fahrerlaubnisprüfung*, weil er nämlich den Führerschein machen wollte.

Und dann war es tatsächlich soweit, und meine Mutter holte meine Schwester und mich vom Schwimmen ab, bat, einen der Verantwortlichen sprechen zu dürfen und sagte zu diesem, ihre Kinder kämen von nun an nicht mehr zum Schwimmen, die Familie würde nach Westberlin umziehen.

Etwas in der Richtung habe ich von ihr auch verlangt, denke ich, dass ich das jedenfalls nicht selbst mitteilen muss, und das ist zwar Knall und Fall, doch ohne weiteres passiert.

Solche Sachen konnte meine Mutter gut, würde ich sagen, nämlich jemandem etwas - vermeintlich - Unvermeidbares mitteilen, der, zum Beispiel, zum Sportunterricht keine doofen Pluderhosen anziehen will, dem sie dann sagen würde: Das wirst du aber wohl müssen.

Was sie ebenfalls gut konnte, war, zum Beispiel, in einen Laden zu gehen und nach einer Schachtel Peter Stuyvesant zu fragen, und das mit einem derartigen Akzent oder, anders gesagt, derart akzentfrei, dass man sich darüber wundern konnte.

Ihre Schulbrote, besonders die mit Goudakäse und Scheiben Gurke darauf, die in Brutterbrotpapier gewickelt wurden, haben oft gut geschmeckt, ebenso wie ihr sogenanntes Durcheinandergekocht, bestehend aus zusammen mit Kartoffeln gestampftem Grünkohl oder auch Möhren und Apfel, einschließlich etwas Bauchfleisch und Mettwurst, und auch ihr sogennanter "*pap*", nämlich Milchsuppe oder Haferbrei, den es manchmal morgens zum Frühstück gab, wenn es draußen kalt war. Da kam dann ein Löffel voll "*jam*" hinein, Marmelade.

Jedenfalls wurden dann ja wohl die ganzen Sachen gepackt, könnte man meinen, aber das war natürlich nicht so. Es kommt mir vor, als hätte meine Mutter gefragt: "Wollt *er* die Legosteine mitnehmen? Die kleinen Autos? Etwa die Gleitschuhe? Doch nicht die ganze elektrische Eisenbahn?!"

Ich glaube, dass ich gesagt habe, das sei mir egal, und in dem Moment stimmte das vielleicht auch, hatte aber zur Folge, dass ich auch meine Briefmarkensammlung nicht wiedergesehen habe, fast als wäre das Haus am Priestershof plötzlich durch eine große Sturmflut weggespült worden.

Mein Vater machte jedenfalls den Führerschein und kaufte, wohl von einem Polizisten, ein Auto, einen zweitürigen VW-Variant, in weiß.

Wir Kinder hatten uns alle drei, wie ich doch annehme, noch einer Wiederimpfung gegen Pocken zu unterziehen, obwohl wir die gesetzliche Pockenschutz-Erstimpfung doch längst - mit Erfolg - hinter uns hatten und der gesetzlichen Impfpflicht damit gemäß Impfgesetz vom 8.IV.1874 genügt war - "Wir Wilhelm, von Gottes Gnaden Deutscher Kaiser, König von Preußen etc. verordnen im Namen etc." - doch es gehörte offenbar zu den Bedingungen, dass nur frisch gegen Pocken geimpfte Kinder, denen wahrscheinlich übel ist und der Oberarm weh tut, im Transitverkehr zugelassen waren.

Zunächst gingen wir aber in die Leibnizstraße. Was dort geschah, weiß ich allerdings nicht mehr. Ob mein Vater zum Beispiel gesagt hat, wir wären ja nicht aus der Welt oder so etwas. Oder ob er zu uns Kindern gesagt hat: "Na, dann verabschiedet euch mal." Letzteres kommt mir irgendwie bekannt vor, doch war mir übel, beinahe so, als stünde ich verspätet vor der geschlossenen Klassenzimmertür und der Deutschunterricht hätte schon begonnen oder als hätte mich eben eine aus dem Lauf geworfene dicke, gerade, mindestens ein Meter lange Stange mitten auf die Stirn getroffen.

Es war ein Tag im letzten Drittel des Februar 1970, mein Vater war nicht lange zuvor 41 Jahre alt geworden, meine Großmutter war fast 70 und Onkel Willi 83 Jahre alt.

Woran ich mich noch vage erinnern kann, ist, dass ich an diesem letzten Abend in Mülheim in der Leibnizstraße im Dunkeln auf dem Rücksitz eines Autos saß und durch das hintere Fenster dorthin sah, wo meine Großmutter und Onkel Willi standen, an dem Ort, wo ich sie gekannt habe, und dass der Wagen anfuhr.

Wie wir die Nacht verbrachten, weiß ich nicht mehr. Am nächsten Tag aber machten wir uns auf die Reise nach Berlin, auf eine zweitägige Reise. Nur wussten wir das noch nicht.

Wir wussten nicht, dass es so kalt sein würde. Die Autobahn über den Teutoburger Wald war gefroren, ob jemand Winterreifen aufgezogen hatte, weiß ich nicht. Unser VW hatte selbst vorne keine Sicherheitsgurte, denke ich. Kein

Radio, natürlich. Und das Gebläse funktionierte nur sehr mäßig. "Klaus!", rief meine Mutter mehr als einmal.

Und dann wurde es schon dunkel, und wir waren gerade mal in Helmstedt und dort befand sich die Grenze, die innerdeutsche, und mein Vater wollte in dem Moment auch nicht mehr weiterfahren. Wie eine Menge anderer Leute scheinbar auch, denn meine Eltern hatten Schwierigkeiten, dort in Helmstedt noch für fünf Leute Betten zu finden, aber das gelang ihnen schließlich doch noch in einer schwachbeleuchteten Pension mit einer Toilette irgendwo auf einem halbdunkelen Gang.

Am nächsten Morgen war es nicht nur kalt, sondern es schneite auch.

Mein Vater fuhr uns mit unserem VW mit Mülheimer Kennzeichen an die Grenze, zum Checkpoint Alfa, dem Grenzübergang Helmstedt beziehungsweise Marienborn. Dort standen wir dann in einer langen Reihe Autos neben einer Menge anderer lange Reihen Autos. Und es ging nur sehr langsam voran. Mein Vater gebot uns still zu sein.

Der Zugang zur Transitstrecke wurde von mürrischen Grenzposten in langen Mänteln und Stiefeln, dazu Pelzmützen - sogenannten Uschankas - und Lederhandschuhen gesichert. Sie leuchteten den Innenraum unseres Autos von draußen mit einer Taschenlampe aus, die mir grell ins Gesicht schien. Anschließend ließen sie sich von meinem Vater die Ausweise geben, zwei Reisepässe, denn Kinderlichtbildbescheinigungen hatten wir noch nicht, meine ich, einen dunkelgrünen und einen irgendwie perforierten schwarzen, dazu die Fahrzeugpapiere und die Impfbücher, natürlich.

Dann, wenn ich mich recht erinnere, sollte mein Vater weiterfahren, in Richtung der Kontrollhäuschen, und schon standen wir wieder in der langen Reihe Autos neben einer Menge anderer lange Reihen Autos, und wieder ging es nur sehr langsam voran.

Bei dem Kontrollhäuschen hatten sie wie durch Zauberhand beziehungsweise mittels eines unsichtbaren Transportbandes unsere Ausweise schon parat, und meine Eltern mussten sich im Profil begutachten lassen. Wegen meiner Mutter schien man skeptisch. Es kann auch sein, dass Fragen gestellt wurden. Ob mein Vater den Kofferraum aufmachen sollte, kann ich nicht mehr sagen, aber wahrscheinlich haben die Posten mit diesen Spiegeln auf Rollen und an langen Stangen unter das Auto geguckt. Es war jedenfalls eine ziemliche Prozedur, bis man sein Transitvisum, in unserem Fall vielleicht zwei, erhielt.

"Anzahl der mitreisenden Kinder bis 16 Jahre" könnte es darauf geheißen haben.

Auf dem anschließend zu bewältigenden 170 km langen Autobahnabschnitt bis zum Checkpoint Bravo, dem Grenzübergang Dreilinden beziehungsweise Drewitz, lag nach meiner Erinnerung eine geschlossene, zum Teil festgefahrene Schneedecke.

Der Zustand der Fahrbahn ließ sich dadurch nicht gut feststellen, es war jedoch sofort klar, dass sie vor allen Dingen nicht durchgängig asphaltiert war, sondern aus hintereinanderliegenden Betonplatten bestand, so dass man in dem Auto Doppelstoß nach Doppelstoß zu spüren bekam.

Schon bei der ersten Auffahrt änderte sich das Straßenbild, und zu den VW's, Fords, Opels, Mercedessen, vereinzelten BMW's, Fiats, Renaults, Citroëns und so weiter gesellten sich *peu à peu* kleine, mir unbekannte Autos der Marke Trabant und vereinzelte, mir ebenso unbekannte, Autos der Marken Moskwitsch, vielleicht auch Wartburg, und natürlich Transporter und Lastkraftwagen, vielleicht der Marken Robur oder IFA, alle mit fremdartigen Nummernschildern, und in dem Schneegestöber von eher grauer Farbe.

Wir fuhren nicht schnell. Erlaubt war eine Höchstgeschwindigkeit von 100 km/h, aber alle Autos fuhren viel langsamer. Das Gebläse unseres VW's heizte zu wenig, um den Schnee auf der Windschutzscheibe wegzutauen, und die Scheiben-wischer bekamen sie nicht mehr freigeschoben, sondern glitten mehr und mehr über Eis und Schnee nur hinweg, so dass die Sicht nach vorne immer schlechter wurde. Schließlich musste mein Vater in einer Haltebucht anhalten und die Scheibe so gut es ging wieder freikratzen, und das nicht nur einmal und auch nicht zweimal, sondern immer wieder.

Schließlich erreichten wir aber doch den Grenzübergang nach Berlin hinein, und die ganze Prozedur begann von vorn. Wieder ging es nur sehr langsam voran. Das Transitvisum oder die Transitvisa - ich weiß nicht mehr, ob sie pro Erwachsenen oder pro Auto ausgestellt wurden - wurde jedenfalls wieder eingezogen.

Und als wir dann die DDR hinter uns gelassen hatten und uns nun offenbar in Berlin befanden, musste mein Vater noch einmal an einem Kontrollhäuschen anhalten und einem Posten die Frage beantworten, ob wir von Helmstedt oder von Hof her gekommen seien.

Wenn ich mich recht erinnere.

An die Clay-Allee kann ich mich noch erinnern.

Ich wusste, mein Vater sollte hier in dieser Stadt neuer DDR-Korrespondent werden, mit einem Büro in Ostberlin beziehungsweise in Berlin, Hauptstadt der DDR, in der Straße "Unter den Linden".

Als er aber unseren VW in einer Nebenstraße in Tempelhof schräg gegenüber dem mir schon vom Priestershof bekannten Umzugswagen an den Straßenrand setzte, hatte ich das sichere Gefühl entführt worden zu sein.